幻魔降世

Shaswahn Story Online II

雛牌軍 Ready Go！
美「男」與野獸

CONTENTS

給與我約定的人：

今天的天氣非常好呢！就像我們在公園初次見面的那一天一樣，有些暖和。

從那一天起已經過了四年了，妳和我拉勾勾約定的畫面依然深印在我心裡，清晰得彷彿就像昨日一樣。

昨天我在電視上看見妳獲得了演藝殊榮的獎項，我很為妳感到開心，也迫不及待的寫下了這封信。

看見妳出現在電視影劇畫面上，我知道妳已經擁有多采多姿的生活，當初的妳跟我訴說妳對演戲的厭惡，而現在的妳已然跨過了那道檻。我看得出來，現在的妳，相當喜愛妳目前的工作。

代表正義的花花兒，始終勇往直前。如今的妳，如同當初出現在我們面前穿著漂亮洋裝的可愛花花兒一樣，不畏艱難的繼續向前行。

當初我們訂下的約定，妳努力的實現了，但是我卻失約了。那時候發生了一些事情，讓我沒辦法跟妳好好道別就離開了那座城市。我想，這些年妳到那座公園卻看不到我時，一定很失望吧？

我很抱歉沒能守約，但我也很有誠意的願意接受懲罰，只不過沒想到當初我提出的提議居然得自己承受，果然話不能說太快呢！小孩子總是沒好好考慮後果就把話說出來了。

但我想……妳應該捨不得讓我把臉埋進冰淇淋裡一小時吧？

當妳看到現在的我，會說些什麼呢？

這些年，我有好多好多的話想要親口對妳訴說，雖然不知道有沒有機會能夠再次見面，也不知道這封信是否能到達妳的手中，但我依然期待著。

期待著我們再次見面的那一天。

到時候，我要介紹一個人給妳認識。

我想，如果是現在的妳，一定能和他成為朋友，也能走進他的心裡吧。

▶▶Loading...

第一伺服器

只爲一人而做的表演。

架設在移動設備上的攝影機隨著工作人員的指示與操作規律升起，攝影師專注的透過鏡頭捕捉眼前的每一個動態——

由羽毛製成、宛如羽翼般的外套雪白得發亮，與外套裡的黑色緊身皮衣相映襯；接近於銅紅的金髮在聚光燈下閃爍如星辰般的晶亮，左眼由紫色眼影帶出媚惑的妝。

變化的光影突顯中央的人影，無法辨別男或女的嗓音如洪水般襲繞整個空間，伴隨著如狂信者般的熱浪音樂，歌聲反而更添炫目蠱惑，直到最後一個樂音靜止，一聲喊「卡」的聲音將所有陷入於陶醉中的人拉回神智。

「OK！效果非常的好！」

身穿鵝黃襯衫和牛仔褲的男子拍了下掌，滿意的點頭。他是這場新歌MV拍攝的導演——櫻井石山。

聽見櫻井的稱讚，科斯特只是微微的點頭回應，並在石川的招手下來到櫻井身旁，一起觀看剛剛的拍攝影片，結果他也是同樣的滿意。

不愧是業界數一數二的團隊，即使只有摻雜道具及光影的場面也能拍成宛如做過特效般的影像，單純的平移鏡頭竟也能感覺到如同真實場景的氛圍。科斯特難得在心裡做出讚賞。

「要不是因為行程關係，我還真想把剩下的下雨鏡頭一起拍攝完畢。」櫻井笑得毫無大架子，他遞出手，「那麼今天就到這裡為止，剩下的下雨鏡頭三天後繼續拍攝，希望今天的好狀態能持續到之後的每一場拍攝。」

科斯特看著眼前的手掌，沉默不語。

「這次真的非常感謝您的幫忙，櫻井導演。」石川趕緊插進科斯特與櫻井的中間，伸手握住那停在半空中的手。

「這沒什麼，每場工作對我來說都是發掘新人才的好機會，雖然演藝圈裡不乏一鏡到底還能一次OK的人，但畢竟仍是少數，用手指頭都能數得出來。我早已聽聞過菲爾特的科斯特，今日合作下來的結果讓我很滿意，很難想像他是兩年前剛挖掘出來的新人，就算是資深演員也沒他那般熟於面對鏡頭。」

「您的稱讚，對我們是無比的光榮。」

「櫻井先生，接下來的行程……」

石川看著來到男子身旁的助理，他微笑致意道：「那麼我們就不耽擱櫻井導演時間，您辛苦了。」

櫻井一愣，隨後搖頭笑著再次與石川相握。接著他望向科斯特，寬厚的右手隨即移往少年面前，「我期待三天後的繼續合作，科斯特。」

原本皺著眉頭的科斯特在石川即將再度上前之時，握住了在自己眼前的手掌。

「……嗯。」

科斯特短短的回應讓石川露出錯愕的表情，而櫻井則是笑著點頭道別，聽著助理的報告離開了攝影棚。

「大家辛苦了！」

隨著從某處傳來的喊聲，所有的工作人員開始整理現場，而科斯特則是在石川的陪伴下，來到隔壁的房間換下服裝和卸妝。

科斯特臉上媚惑的妝容被清除得一乾二淨，他將左邊的瀏海往前抓了抓，戴上鴨舌帽，和石川一起離開了攝影棚。

科斯特走在前往休息室的走廊，石川的聲音從身旁傳來：「真是讓我意外。」

科斯特一愣，停下腳步。

石川推推鏡框，微笑道：「你居然和櫻井導演握手。」

科斯特拉了拉帽簷，將手插進口袋繼續走著。

「和人握手很正常。」

「對我們來說是很正常，不過科斯特你連BOSS都不見得會讓他碰了，更何況是第一次合作、陌生的櫻井導演。怎麼，最近發生什麼特別的事情了嗎？」

問他發生什麼事？

他一樣在石川的安排下跑著各個行程、一樣會在固定時間去看碧琳，除了遇見那個姓夜的傢伙，一切都很好。若要說有什麼不一樣的話，大概就是他聽了碧琳的提議跑去買了套《創世記典Online》的遊戲設備。

第一次接觸線上遊戲的他看見了那個完全超乎常理的世界，那是個讓他錯愕且訝異的地方，但也無可否認的，他開始對那個世界產生了興趣。剛進入遊戲時遇到那名叫做雪晶的女長老，確實讓他挺印象深刻的，再來就是那隻在路上遇到的獅子獸人。

「還是像平常一樣，沒有什麼特別的事情。」

——要說特別……

——確實是挺特別的。

石川發現了隱藏在帽簷下的淡淡笑意。

垂著眼，他微微笑著跟上科斯特的腳步。

發生什麼事情並不重要，重要的是他知道科斯特已經開始對人降下那築起許久的高牆；雖然只有一點點，但這樣已經很好了。因為他相信，這一點點會慢慢的變成很多、很多。

石川快走了幾步來到盡頭的門前，拿起胸前的磁卡在門旁的儀器晃了下，原本緊閉的玻璃門扉隨之開啟。

在菲爾特公司內部，為了方便及需求性，每層樓都附設一間小餐廳。

走進餐廳，內部是明亮的空間、五張長排桌及數張椅子，空調是保持在適合人體的恆溫，右手邊則是被出餐機器取代的櫃檯。

菲爾特的餐廳是直接使用出餐機器來製作餐點，樣式如同飲料販賣機，只要點選自己想要的餐點，三到五分鐘後就能在機器左邊的出餐口領到自己的餐點。

雖然是由機器製作，但只要每天確實更新食材，味道和健康絕對足以和手工製作相抗衡，現在已經是各家公司內部常用的基本設備。不過，某些只有一間廚房和餐廳的小公司還是堅持手工製作。

科斯特進到餐廳，本來就少人的地方現在一個人也沒有。

熟悉的旋律突然響起，石川拿起手機看了眼來電顯示。

「我去接個電話，你先用餐。」石川囑咐完後，便離開了餐廳，往左方的走廊走去。

玻璃門再度闔上。

科斯特掃了眼只剩自己的廣大空間，他來到出餐機器前。

機器上總共有二十幾道餐點，每道餐點名稱的按鈕旁還有附貼一張成品圖。

其實菲爾特除了每層樓都有附設餐廳外，更大的特點是每間餐廳出餐機器的菜單絕不重複，整棟樓加下來約有四百多道餐點，每天吃、每天換，絕對不會有吃膩的情況發生。

科斯特思考了一下，他按下某個鈕，五分鐘後他便端著以香煎鮭魚為主餐，附餐為玉米濃湯、吉領斯麵包、蔬果沙拉、果橙凍以及一杯清水的套餐，來到了靠窗的空位坐著。

本來獨自吃飯，沒有其他人打擾是科斯特最為悠閒、也最滿意的用餐狀況，但這樣的好心情並沒有維持多久。正當他剛喝完玉米濃湯、吃完麵包，準備開始食用煎得金黃香酥的鮭魚排時，玻璃門滑動打開的聲音傳入他耳膜。

科斯特並沒在意這事，因為他不需要知道是誰進來，只要對方不來打擾他就行了。

他拿起刀叉，優雅的切下一塊魚肉放進嘴裡咀嚼。

美味的食物讓科斯特的心情難得的放鬆，他切下第二塊正準備食用，餐廳內唯一走動的腳步聲卻離他越來越近，最後聲音靜止在他前方。

科斯特眼皮一抬，險些把叉著魚肉的叉子咬斷。

在他眼前的不是別人，正是那位與他即使有過兩面之緣，卻還是讓他沒有絲毫好感的優游大導演——夜景項。

「這裡沒人吧？那我就坐了。」

夜景項將餐點放在桌面上，直接拉開科斯特對面的空位坐下，右手托著下巴，饒富趣味的看著臉部有些麻木的科斯特。

「真巧呢，沒想到會在這裡遇見你。」

夜景項身後瞬間出現開滿數朵玫瑰的背景。

本來應該是讓人臉紅心跳的話語，但在身為同性、且對他極度沒好感的科斯特面前，夜景項所有的營造都是浪費心力。

科斯特冷冷的瞥了對面的人一眼，隨即放下刀叉，起身端起餐點。

「東西沒吃完可是會糟蹋廚師的心意喔。」

科斯特端著餐盤的手瞬間掐緊。

——明明就是機器做的哪來的廚師！

夜景項看了科斯特手上出現凹折跡象的餐盤一眼，拿起叉子叉起一塊小肉排放進嘴裡，邊咀嚼邊說：「雖然你可能對我沒什麼好印象，但是不用連吃飯都這麼緊繃，像朋友一樣聊聊天如何？」

「我跟你沒什麼好聊的。」科斯特冷冷的一句話，明白顯示自己對對方的厭惡。

「是嗎？但我有些話想跟你聊聊呢！」

夜景項晃了晃叉子，伸手做出個「請」的動作，但是科斯特卻沒有任何想要坐下的意思。對方的不賞臉並沒有讓夜景項發怒。

夜景項放下叉子，調整了下坐姿，雙手交叉靠在下巴。他注視著科斯特，微笑道：「你真的不考慮接演《月華夜》？」

「根本不需要考慮，我說過了，我沒興趣。」

「不過，人的想法都會改變的，雖然那時候這麼說，但是今天也有可能給出不同的答案，不是嗎？」

「這是不可能的。」

「為什麼不可能？」

「因為我『非常』的討厭你！」

科斯特斷然的語氣讓夜景項一愣，隨即他笑了笑，「這可怎麼辦呢？我可是『非常』的喜歡你呢……」

這下換成科斯特整個人錯愕，瞬間冒出雞皮疙瘩，但是當他移步想趕快離開這地方時，夜景項的笑聲又再度傳來。

「你真的很有趣呢！才一句話就嚇成這個樣子，看得出來你是個絕對的異性戀。」

所以那句話只是在逗他而已？

科斯特現在已經不想把餐盤放回回收檯，而是想直接砸在這傢伙的臉上！

「我看過你之前的每場表演。不論是什麼樣風格的歌曲、歌聲或是演出，你都做得很好，但同時的……我卻看不見你的想法。」

科斯特皺起眉，「你在說……」

「你的表演，只是在為某個人而做。因為不希望別人看見，過好的舞蹈和歌聲反而像面具一樣擋住別人的目光，讓別人看不見你真正的想法。即使在演出，你也只是『慣例』的在做出那些行為而已，因為你只是在為『一人』而表演。」

夜景項的話語又讓科斯特露出錯愕的表情，但隨即科斯特低下頭，快步的走往機器。將餐盤放到回收檯上後，他雙手插進口袋裡就想離開。

「你真的不接演《月華夜》嗎？」

相同的問話，現在聽起來卻有著不同的感受——剛剛他是故意閉耳不聽，現在卻是被強迫聽著。

「我想你會有興趣的，如果你有那一位只想要為他而演唱的人的話。」

夜景項起身來到科斯特身旁，遞出一本本子，本子的封面寫著「月華夜」一詞。

「看了之後如果沒興趣，你可以直接扔回收，然後請石川先生來向我拒絕演出。」

夜景項的這句話環繞在耳邊，當科斯特回過神時，發現自己的手上已經拿著《月華夜》的劇本。他不知道自己為什麼會收下。

「那麼我期待你的答覆，桑納先生。」夜景項最後看了彷彿陷入思考的科斯特一眼，嘴角揚起微笑，轉身離開了餐廳。

為什麼他要收下劇本呢？

他不是從一開始就沒有接演這部電影的打算嗎？

那麼現在又為什麼要為了對方的幾句話而動搖？

「《月華夜》……不過就是一部電影而已，是那傢伙睡覺睡到一半的突發奇想，有什麼特別的？」

科斯特原本想直接將劇本扔進回收檯，但揚手的動作卻停頓在半空好幾秒，最後他還是沒有扔掉劇本。

「拿了劇本也不代表我必須接演，反正只要到時候叫石川去拒絕就可以了吧……」

雖然科斯特嘴上這麼說，但他卻沒注意到自己的目光早已緊鎖在那劇本上。

——究竟是什麼樣的故事呢？《月華夜》……

▲▲▲◎▼▼▼

『叮咚！歡迎玩家【扉空】進入《創世記典Online Ⅱ幻魔降世》，希望您今天旅途愉快！』

金色眼眸睜開，扉空抬頭看著頂上的綠蔭，他靠著樹幹坐了下來。

結果回家之後他還是讀了那本劇本。

《月華夜》是一部摻入多元素題材構成的故事。主人公「吉詠夜」擁有在過去以及現代世界來回行走的能力，也因為如此，他認識了兩名擁有相同長相的女子，存在於過去的「冬華」以及存在於未來的「夏月」。

存在於過去古代的冬華來自貧窮的家庭，但總是戴著足以感染人的努力笑顏；未來的夏月則是個因為車禍而不良於行的女子，卻總是用著溫暖話語在對待他人。吉詠夜在來回行走的旅途間，同時愛上了兩名擁有相同容貌的女子，同時也迷失在旅途的漩渦中，究竟自己原本的世界是未來還是過去，他已經無法分清。

「如果你有那一位只想要為他而演唱的人的話……」

在劇中，吉詠夜來到過去，是因為他想見到冬華；回到未來，則是因為他放不下那失去雙腳卻還是硬裝堅強的夏月。最後，他連自己真正愛的是誰都分不清楚了，他迷失在自己的旅途裡，迷失在兩個世界裡。

冬天的花和夏天的月亮，都是珍貴且無法捨棄的，但只有一個才是他真正期望的，只是他看不見。

「不對，那並不是汝真正的心願。」

那時候那個小孩說的話是什麼意思?明明他唯一希望的就只有碧琳能夠開心的度日、能夠再次站起來，為什麼他會說這不是他真正的希望?

那麼他……那個小孩所謂的，他真正希望的又是什麼?

「沙……沙……」

扉空從思緒中跳開，一抬起頭，映入眼簾的特寫面孔讓他不由自主的發出一聲怪叫，拳頭也在下一秒跟著招呼過去。

「噗啊!」

伽米加整個人往旁邊摔去，隨後捧著紅了一塊的臉大叫：「你不用一見面就開打吧!」

扉空心有餘悸的喘了幾口氣，他眼神往旁邊飄移，囁嚅：「……我、我以為是怪……」

「是我、是我，看清楚！」伽米加指著自己的臉，無奈道：「麻煩你以後把你這位同伴的臉認清楚，不然再被你多打幾拳，不用怪物過來，我就先掛了！」

「我……我只是在想事情，沒注意……重點是你也不必靠那麼近吧！」再怎麼樣也不能承認是他的錯。

「我剛剛叫你，結果你沒反應，當然就靠近點叫人啊？難不成要等你回神等到半夜……怎麼，想什麼事情想得那麼入神？」

「……沒什麼。」扉空拍拍衣服站起身，將剛剛還在困擾思考的問題拋諸腦後，他看向伽米加，問：「接下來要去哪裡？」

「現在當然是以你賺到夠還的錢為首要任務，看你還有哪些任務要解，打開任務欄我看看。」伽米加笑道。

「我說會在期限內還清就會還，不要一直提。」

——動不動就被提起欠款，真煩。

雖然扉空嘴巴和心裡都在不快的嘟囔著，但他還是乖乖的打開任務欄。

伽米加細數了一下任務清單，思考著說：「嗯……好幾個都可以去回報了，等這三個打完再一起回報比較省事。我看看……先解『馬來的鮮花』好了，你覺得如何？」

「隨便，反正還是要你帶路。」

扉空關掉視窗，難得伽米加沒傳來吐槽，他轉頭，卻看見伽米加雙眼直盯盯的鎖在他身上不斷上下掃視，還一邊發出「嘖嘖」的聲音。

「看什麼？」扉空皺眉。

「沒什麼，只是覺得……」伽米加摸著下巴，舉起手指笑得燦爛，「你的傲嬌指數終於降低……」尾音還沒停止，一顆直徑六十公分的冰塊瞬間朝他臉上砸來，伽米加雙眼翻白發出一聲氣音，瞬間倒地，頭部還冒出一陣白煙。

「說了幾百次不要用那種在形容女人的詞來形容我！」

「真是的，只不過是不小心說錯話，有必要下這麼重的手嗎……」

「你在那裡碎碎唸唸了兩三天煩不煩？」

扉空停下腳步，瞪著身後的獸人。

伽米加不煩扉空都嫌煩，被冰塊砸到的地方根本三分鐘就復原沒事了，但伽米加卻一直裝模作樣的揉臉喊疼，唸了三天的抱怨，搞到扉空耳朵都快長繭了。

「誰叫你下那麼重的手，虧我一直以來都盡心盡力的服侍你，只不過說錯個詞就被你酷刑伺候，不值啦不值！」伽米加再度掏出手帕拭淚。

「說錯個詞？你還真敢講。是誰三不五時就故意用形容女人的詞來套用在我身上？」

「嘛嘛嘛……是誰呢？」伽米加搔著頭，遙望天空。

扉空丟出兩枚白眼，轉身就走。

扉空的反應讓本來還期待對方可以和他互相拌嘴一下增加遊戲樂趣的伽米加咋舌，他摸著下巴的鬍鬚，邁步跟上扉空。

「好好好，那個人是我，扉空大人就別記小人過，就原諒我偶爾嘴快了唄～」伽米加雙手合十，可憐兮兮。

扉空瞥了他一眼，冷冷回應：「一下子抱怨，一下子裝可憐，你可真忙。」

這頭獅子還真多花樣，川劇變臉都沒他來得精采。

「這樣生活才會多出許多的樂趣，總是一號表情，多無聊。」伽米加掏掏耳朵，接著雙手揹在腦後，笑著說。

他認為笑著、哭著、生氣、歡喜，種種表情與情緒匯集起來的繽紛面貌才是人生。若是只用著單一情緒在過生活，那多無聊。

「樂趣……」

扉空垂下眼，他看著映照在小路上的光影，抿著唇。

「怎麼了，突然不說話？」伽米加好奇的彎身看著扉空，指著自己笑著說：「不會是終於發現我的帥點在自卑吧？」

「卑你個頭。」

扉空冷冷的瞪了伽米加一眼，隨即加快腳步。

伽米加也沒因為扉空的態度而惱怒，反而笑得更開懷了。

——這個自戀的獸人，最好走到一半摔倒或跌坑，省得我越看越心煩！

扉空才剛在心裡暗暗詛咒完，沒想到後頭跟著傳來一聲巨大的「碰」聲。他回頭望去，只見身後的道路不知何時多出了一個坑洞，而原本跟在他身後的伽米加則是不見蹤影。

扉空走到坑洞旁一看，消失的伽米加正以奇醜無比的姿勢，躺在兩公尺深的坑洞底。

沒想到他隨便想想的詛咒居然應驗了！？

不過這傢伙也真衰，明明就是同一條路，他走過沒事，換個人走來就出事。

扉空無言的眨眨眼。他雙手環胸，睨視著坑底狼狽翻身的獸人。

「你在表演『驚奇大爆笑』嗎？如果是的話，我可以很認真的告訴你，一點都不好笑。」

「不知道是誰在這裡挖了個洞，我是不小心摔進來的！」伽米加終於發出不滿的反駁。

他跳著想攀爬出洞，不過獸爪卻在他撐起身子時滑落，結果就是用著同樣的姿勢二度滾下，躺平在坑底。

「真悲哀啊，摔進坑底的獅子。」

顯然的，伽米加一爬一滑的行為在扉空眼裡變成一項非常有趣的娛樂，他嘴角掛著饒富趣味的笑意。

伽米加低吼一聲，再度翻身一跳，結果當然又是三度滾回坑底。

「真可憐。」

「別一直說風涼話行不行！」

爬到火大的伽米加對著雙手吐了口口水，再次往上一跳，爪子插進土壁裡，雙腳也拚命的往上蹬，就在伽米加即將爬出洞口、看見璀璨美麗的陽光時……

被爪子插著的土塊鬆開剝落，然後伽米加第N度滾回坑底去了。

「唔啊吼吼吼吼吼——」伽米加已經開始自暴自棄的胡亂吼叫。

扉空看著底下亂搥亂踢亂滾的獸人，他白了一眼，跪在洞旁，伸出右手。

伽米加呆愣著，扉空則是不耐的催促：「快點，我可不想因為你浪費了我賺錢的時間。」

瞬間，伽米加「噗」的一聲笑了，然後他看著眼前的手掌，握上。

在扉空的幫忙下，伽米加終於離開讓他牙癢的地坑了。

「最好不要被我知道是誰在這裡弄這種陷阱……不然我一定把他埋進這坑裡！」哼了一聲，伽米加抖抖身上的泥土，隨後轉頭向剛剛伸出援手的扉空笑著道謝：「結果你還是伸手了嘛。謝啦！」

「我只是不想在這裡浪費太多的時間。」

「不用解釋，我懂。」

伽米加右手往胸口的地方敲了敲，一副「我瞭」的樣子，看得扉空很想直接揍他一拳。

不過，為了避免自己的耳朵再次長繭，扉空決定忽略對方的欠扁樣，轉身繼續往目的地前進。這是他這陣子學習到對付這頭獅子最好的辦法——簡單來說，就是別理他，等他自討沒趣就會安靜了。

「誒！怎麼突然就跑了，等等我！」伽米加趕緊追上，一邊碎碎唸道：「真是的，至少也該等我把話講完，突然跑掉很沒禮貌耶。」

「唔唔唔唔……」

「誒誒，這該怎麼辦才好呢？我們家的扉空大人又在玩傲嬌遊戲了，不管怎麼樣也該想想我這伺童有多可憐，每天做得要死要活還要被白眼。」

「唔唉唔唔唔……」

「哇命苦啊啊啊啊——」

「唔啊唔唉唉……」

「吵死了一邊碎碎唸又唔唔唔的鬼叫給我雙重奏是怎樣嫌不嫌煩啊！」前方的少年終於還是忍不住，毫無斷句的直接破口大罵了。

伽米加嚇了一跳，隨後他眨眨眼，很是無辜的說：「我只有碎碎唸而已。」

「不然剛剛那個鬼叫是從哪來的？憑空出現嗎！」

扉空才剛罵完，剛剛夾雜在伽米加碎語裡的悶氣聲再度傳來。

「唔唉唔唔……」

扉空瞪大雙眼注視著嘴巴連開個一小條縫都沒有的伽米加；後者則是眨眨眼，攤手搖頭，表示聲音真的不是從他嘴裡發出來的。

滴！

冰涼的觸感直接滴落在扉空的鼻頭。

「唔唉唔唔……」

扉空吞吞口水，深吸一口氣，這次他很確定聲音是從上頭傳來的。

扉空和伽米加大眼瞪小眼沉默的對看許久，兩對眸子終於鼓起勇氣，抬頭上看。

「唔啊啊啊啊啊——」

夾帶著哀號的慘叫聲瞬間響徹整座森林。

▶▶Loading...

第二伺服器

人小鬼大，雙胞胎童子現身！

「謝謝！真的很謝謝你們！」

穿著一襲櫻花和服的女孩哭得稀里嘩啦，她跪坐在地上拚命磕頭道謝，看見身旁相同長相的男孩沒反應，還趕緊從男孩的後腦將他的頭一把壓低。

「哎呀，做什麼啦！」

很明顯的，男孩討厭女孩的壓頭行為，不過掙扎卻沒成效，最後他只好悶著一張臉，以表抗議。

「叔叔和大姐姐救了我們，我們當然要好好道謝，不要做沒禮貌的小孩！」女孩對著男孩的後腦巴了一掌後，露出深帶歉意的表情，語重心長的說：「請原諒柀木的不禮貌，小孩子總是這樣，一到了叛逆期就變成這副樣子，還希望兩位多多包涵。」

「明明就跟我同歲還……」男孩最後的聲音因為後腦再度被女孩巴了一掌而硬生生吞回。

「還請兩位多多見諒。」

有著超齡行為與話語的女孩低著頭，一旁的男孩即使被壓著頭卻還是投來抗議目光。

扉空看著不過十歲又有著相同長相的兩名孩童，揉揉額。

「沒事沒事，倒是你們沒受傷吧？」

看得出來，比起面對這兩個小孩不知該做出何種反應的扉空，伽米加已經直接晉升溫柔的幼兒園教師了。

「是的，這全部都要感謝叔叔的幫忙，不然我和杴木現在可能還被綁在樹上，成為那隻醜螳螂的食物了。再次感謝。」

扉空順著女孩的話語瞄了一眼靠著一條白線吊掛在樹上的兩顆破繭，再望向旁邊那被直接剖肚，正化成數據消失的巨大螳螂，他無言望天。

——這裡果真是無奇不有。

半小時之前，扉空在發現憑空傳出的氣悶鬼叫不是伽米加的惡作劇後，他順著聲音抬頭朝樹上望去，看見的就是這兩名被倒吊在樹上的小孩。

兩名小孩整個身體被白線纏成繭狀，只露出兩顆頭。他們除了表情扭曲驚恐外，東扭西扭的身體更是像極了一隻巨大的蟲，還不停發出「唔唔唔」的氣音，尤其是女孩的雙眼根本是誇張的淚水泛濫，兩顆水珠滴滴答答的掛著上下晃。

在兩人更上層的樹枝上，則是一隻擁有約兩名成人高的「螳螂蛛」，顧名思義就是上半身螳螂、下半身是蜘蛛肚子和八隻腳的怪物。螳螂蛛的兩支前顎還不時窸窸窣窣的，鐮刀狀的手一開一闔，巨大的頭三百六十度旋轉兩圈，最後牠鮮紅的眼定在扉空身上。

看見這樣幾乎可以媲美驚悚片的景象，連少有情緒反應的扉空也不免被嚇到，發出難聽的慘叫直接跌坐在地。

不過伽米加倒是挺當機立斷的，一回過神就立刻爬上樹，將兩名不知道被倒吊多久的小孩解救下來，還順便把螳螂蛛剖肚了。

「啊……沒什麼，舉手之勞而已。況且保護小孩是我們大人的義務嘛！」伽米加露出爽朗的笑容。

扉空頓時沉默。

似乎是感覺到身旁人的不對勁，伽米加轉頭詢問：「怎麼了嗎？」

扉空眼皮輕垂，長長的睫毛覆蓋著陰影，「沒什麼。」

雖然他的語調輕淡，但身體卻誠實的反應心思。扉空不由自主的摸了摸手臂。

即使傷痕消失了，但痛卻還是存在著，他無法忘懷。

「保護小孩是大人的義務」這種話，在那幸福的時光還存在時他是深信不疑的。但是現在在他耳裡聽來卻是種刺耳的笑話，每每想起，根生在記憶中的疼痛就會伴隨著出現。

伽米加察覺到扉空的異樣，他望著那雙低垂的金色豎瞳，那眼瞳就像被一層膜遮住一樣，他沒辦法分辨出對方現在到底在想些什麼，不過他可以感覺得到，或許不是很能愉快的跟別人分享的事情。

在兩人沉默的同時，對面的女孩也傳來了低語的話音。

「那個，叔叔……」女孩起身拍拍身上沾了泥的衣襬，彎腰再次道謝。映在她臉上的是屬於孩童的燦爛笑容，「我和枚木可以繼續去打山賊都是多虧了叔叔的幫忙，真的非常謝謝您，也祝福叔叔在《創世記典》裡面可以開心的冒險喲！」

「打山賊？」伽米加注意到話中的某個詞，發出疑問。

「是啊，最近新增的任務，在南邊的萌咩羊山有個山賊營區。只要擊破山賊營、打敗山賊首領，就可以拿到二十萬創世幣、萌咩羊套裝、精製補血藥以及山賊擊破者的稱號，就連名聲也會增加十點呢！」

伽米加想想剛才兩人被一隻LV. 18的螳螂蛛捆綁在樹上的樣子，再看看女孩雙眼放光說得喜孜孜的模樣；她身旁的男孩雖然沒加入幻想行列，不過眼裡還是可見期待。

伽米加一掌拍向額。

先不管任務難易度和獎品，兩個輕輕鬆鬆就被螳螂蛛捆在樹上差點變成糧食的小孩，說要去擊破山賊窩？

……穩會被打掛飛回重生點的。

他們大概是被那個什麼什麼羊套裝吸引的吧？畢竟還是小孩子。

很難得的，伽米加只在心中吐槽。他很明白話不能說出口，不然有可能會造成小孩子永久的心靈創傷。

正當伽米加思考著該用什麼方式勸這兩個孩子別去送死時，身旁突然傳來了輕輕的語調。

「二十萬……」扉空一手托著下巴，皺眉思考著。

不妙的預感瞬間在伽米加的腦海大響警鈴。

「還缺十五萬七千六百八十八創世幣，如果可以拿到那二十萬的話，我就可以脫離這頭欠扁的獅子了！？」

「喂喂喂，說得那麼大聲我都聽到了！你有那麼急著脫離我嗎？我真的會哭、會哭喔！」

扉空轉頭直盯盯的注視著伽米加那雙比自己大上兩倍的獸瞳。

被盯得發毛的伽米加吞吞口水，往後一退，「怎、怎麼？」

「打山賊。」

「啊？」

「我要去接那個打山賊的任務。」扉空起身拍拍沾到沙子的裙襬。

他怎麼沒想到這麼好的賺錢方法，打那些小任務是要打到什麼時候才能存完還債的錢？早該去接些獎金優渥的大任務才是啊！伽米加這傢伙居然沒讓他去接那些多獎金的大任務，存著什麼心啊這獸人！要是這小孩沒提起，他還真不知道有如此高獎金的任務。

嘖！他當初果然不應該只叫伽米加提議該接哪個任務，而是要直接問接洽任務的櫃檯人員哪一項任務是可以賺很多錢的才是。

瞇著眼，扉空暗暗腹誹。

「扉空，立場完全對調了吧？怎麼這句話聽起來都比較像是我會說出口的。我們乖乖打小任務不好嗎？」伽米加努力的想要打掉扉空腦中剛萌芽的危險想法。

老實說吧，就算他等級已經七十六等，他也不敢貿然去挑戰這種絕對需要團體戰的任務。先不說盜賊團的難易度，光是團裡有多少人、戰力多少、地勢狀況……只要有任何一項判斷失誤肯定會以失敗收場，更何況那頭頭絕對是要打上好一陣子的，說不定連高等玩家都要好幾十位一起打才打得贏。

好，就算以組團來說好了，一名等級剛升上二十等的新手、兩名可以被螳螂蛛輕鬆解決掉的小孩……他怎麼看都是肯定掛的團體。

就算再加上他這個獸人……即便他可以撐，但這一、二、三，三個傢伙絕對撐不了。

「只要有可以儘早脫離你這頭獅子的機會，我一個都不會放過。二十萬，剛好可以還掉衣服的借款。」扉空不疾不徐的說著。

伽米加嘴角抽搐，頗有不滿的說：「你有必要說出這麼傷人心的話嗎？我都聽見心碎的聲音了。」

扉空上下打量伽米加幾眼，冷道：「你不是號稱身強體壯的獅子？原來是玻璃心。」

「我讓你延期三個月，好好解這些零碎任務就好。」

「我多給你兩百創世幣，我要打盜賊團。」

伽米加臉上掛滿黑線，他口氣冷了一個等級，「你有那麼急著去送死嗎？」

「不，我只是不想被人說拖著時間不還錢。如果你覺得麻煩的話，可以等我打完回來。」

這幾天的生活差點讓他忘記當初來到《創世記典》的初衷——與人和和睦睦的聊天、組隊、解任務本來就不在他的行動範圍內，卻又無可否認他開始覺得和這獸人一起組隊相處並沒有什麼不好。但是，他並不想在他與碧琳的約定中間再多插上一個人。

有人陪著上路並不在他的計畫裡。

沒錯，早早擺脫伽米加，他就可以開始去找碧琳了。

扉空說得義正辭嚴，他不顧伽米加反對的態度，直接來到女孩與男孩面前。他微蹲低身子，問：「山賊的任務是在中央城鎮接的嗎？」

「對啊！是近幾個月裡新增的任務。雖然說是新增，不過好像都還沒有人打過關，因為它一直都放在那裡沒有卸除。」

通常這種大型任務只要有人解過後，就會從公眾任務單上移除，然後用另一個新的任務補上缺額。可是，這個山賊任務卻放了好幾個月也沒看見它下架，雖然有看過這個任務被人接走，但最後都無疾而終。

這次就是因為這個任務又重新可以接洽了，任務獎勵裡面也有想要的東西，他們才會在考慮後接下任務。

「大姐姐妳也要一起解嗎？」

畢竟是小孩子，扉空在聽見那刺耳的稱呼後並沒有像對付伽米加那樣拿冰塊扔人，不過他卻深深的皺起眉頭，先是點頭表示要接下任務，才繼續補了一句話：「我是男的。」

「……咦耶————！？」女孩與男孩同時錯愕的瞪大眼。

「還有，我『非常』討厭別人誤認我的性別。」

扉空最後的補述散發濃濃的警告意味。

女孩與男孩交換著眼神，隨後兩個孩子用力點頭，女孩慌忙道：「對不起，大哥哥，因為你很漂亮所以……」

似乎是發現自己又用詞錯誤，女孩皺著一張臉，思考了一會兒後，才又繼續說：「下次不會再弄錯了！」

扉空並沒有為難女孩，「嗯」一聲點頭。

「那……你要跟我們一起去打山賊？」男孩開口問。

「我的目的是獎金，因為要還錢。」扉空先說出他的條件。

「啊啊，獎金給大哥哥沒關係，因為我只是想要那套萌咩羊套裝，枚木想要的是山賊擊破者的稱號。那……大哥哥要跟我們組隊嗎？」

既然各取所需，那麼他倒也沒什麼好不答應的。

扉空思考了一下，便點頭答應。

「耶！多一個人可以幫忙了！」女孩開心的抱住身旁的男孩轉了一圈後，她對著扉空叫出個人資料面板，開始自我介紹：「我是『座敷童子』，他是『杦木童子』。」

男孩同樣叫出自己的個人資料面板。

「……扉空。」扉空也叫出自己的面板讓兩人看清楚名字。然後他提出另一個他從剛剛就想知道的問題：「你們是雙胞胎嗎？」

「嗯，對啊，我是姐姐，杦木是弟弟。」

「等、等一下，你們真的就這樣決定去打山賊了？」一直被忽略的伽米加趕緊插入三人中間，打住談話。

他怕要是他再不出聲，這三個天真的傢伙真的會蠢到去送死。

不過伽米加沒想到，就算他出聲，還是無法澆熄這三人萌起的攻略意圖。

「你可以在中央城鎮喝茶等我們回來。」扉空無所謂的攤手聳肩，接著他轉身對著座敷童子和杦木童子提議：「你們要在這裡等我接完任務回來，還是跟我一起回中央城鎮一趟？」

「扉空哥哥沒打過這種性質的特殊任務對吧？」

「咦？」

從扉空的等級和剛剛的問話，座敷童子認為對方應該是沒打過大型任務，於是她細心的解釋：「像這種區域任務以外的特殊任務只要被人接過，其他人就不能再接了；如果是團體，就是團體代表去接洽。所以扉空哥哥要加入一起去打山賊，我們也要一起回中央城鎮去做團體隊員名單的修改才可以。」

「……噢，不好意思。」扉空略帶歉意，總覺得自己突然加入讓事情變得麻煩不少。

「這沒什麼，反正幫手越多，任務的達成率也會跟著提高嘛。」枕木童子不在乎的說著。

「謝謝，那麼我們回中央城鎮。」

「等一下、等一下！」

無視於伽米加的抗議，座敷童子和枕木童子擊掌歡呼，他們喊聲「GO!」之後，便朝著通往中央城鎮城門方向的路一蹦一跳的興奮跑去，扉空則是靜聲跟隨在後。

「哎！真是的，我怎麼可能真放著你們去死……」伽米加煩躁的扒了扒毛髮，看著前面已經有段距離的背影，他開口吼了聲抱怨似的吼叫後，奔跑跟上。

「喂！等等我，我也要去！」

▲▲▲◎▼▼▼

在扉空一行人從中央城鎮接完任務後，為了預防一些旅途上可能會出現的突發狀況，四人又到商店去補了些必需品。

當伽米加與雙胞胎在藥水店及雜貨店排隊等結帳時，扉空順便來到了武器店拿之前訂做的武器。因為他是趁著伽米加上線前跑到店裡來訂製的，所以伽米加雖然知道他訂做了武器，卻不知道那是什麼樣的武器。

扉空看著金錢欄減少的數字，他數了一下。

「原來真的十萬元有找……」

扉空將武器收進裝備欄，在老闆「謝謝光臨」的話語下，他踏出武器店回到藥水店前。買完藥水的伽米加和座敷童子剛好走出店門，枚木童子也在下一秒從隔壁的雜貨店走出來。

四人重新集合，確認裝備和必需品都沒缺少後，一起離開了中央城鎮，開始往目的地「萌咩羊山」前進。

要到達萌咩羊山算一算也要近一個禮拜的路程，需要越過一座高原才能到達。因為準備的動作而有些拖延到時間，所以在出發不久，天空也開始轉為黃昏，是該紮營地的時刻了。

因為沒有像一些玩家需要搭起帳棚之類的遮蔽物，所以伽米加在生完火之後，便自告奮勇去找今晚的主食。原因很簡單，從他和扉空結伴的那天起，他就已經訂下「生火、找食物」都由他來的條約，扉空只要在營地休息，等著食物吹涼送到面前就行了。

另外，他也不可能要座敷童子和柀木童子兩個十歲的小孩去找食物——這可是有虐待孩童的嫌疑。

所以四人團隊中，最後還是由伽米加這位身強體壯的獅子獸人獨自踏上找尋食物之旅，而在營地休息的三人則是開始聊起天來。

雖然說是聊天，但也只有座敷童子和柀木童子兩人互相吵鬧、吐槽、嘻笑的聲音充斥，扉空則是在對方提問時輕輕的「嗯」一聲表示同意，或是淡淡的瞥了一眼表示反對，又或者做出極度簡短的句子回答。不過，這樣的態度在兩個小孩的眼裡也不覺得有什麼不順，他們聊著聊著還是挺開心的。

扉空在旁邊靜靜的聽著兩個小孩的交談，大概知道座敷童子和杦木童子在《創世記典》已經玩了三、四個月，等級差不多約四十五等。

座敷童子的職業是「陰陽咒師」，杦木童子的職業則是「武士」。

扉空還沒見過他們的武器，他也不太清楚這兩項職業有什麼技能，但不得不說，他確實有點期待那畫面的出現。

另外，座敷童子和杦木童子身上的穿著偏於古代日式風，裝扮很符合職業名稱。

座敷童子修剪著一頭左短右長的俐落短髮，髮色偏酒紅，並在頭頂的右邊用著白色兔娃髮束綁出一束側馬尾，馬尾長度至耳垂，尾端還帶點捲曲。而從她平剪的瀏海裡可以微微看出額間有一枚紅色水滴，眼眸則為紅色。

她的服裝是以粉色為底、小碎櫻為圖的低肩和服。繡縫金色花紋的寬版翻領順著低領繞至前胸交叉接合，從低垂的領口可以看到在她左胸上方的皮膚有著如花般的紅紋；她腰間的束帶為白色，兩條紅色的粗麻繩圈住束帶的上下邊緣，在背後打成一個大大的蝴蝶結，繩尾各綁著兩顆大鈴鐺；她腳穿黑底紅繩的木屐，木屐的邊緣還有小小的櫻花圖案，而在左腳腳踝則有個金色的鈴鐺腳環。

枒木童子則是一頭微翹的短髮，髮色為墨綠，他的瀏海上梳，並用一個金色的長型髮飾固定在中央，眉間有著一枚綠色水滴，眸色為右紫左金。

他穿著一件與座敷童子相襯的翠綠色調武士服，這服裝有個延伸到胸前交叉接合的領版，不一樣的是這滾邊是單純的金線，而且右邊的領版下方，更多出一塊三分之一大小的領版順著牽至後背。

他衣服左胸的領版邊緣有兩枚小櫻花的裝飾，並從櫻花牽出兩條寬鬆的金線繞過手臂連接至後背，腳下白襪至小腿三分之二位置蓋住褲口，讓褲子看起來有點像是倒掛的天燈；他腳穿草鞋，右腳腳踝也有著一個與座敷一樣的腳環。

座敷童子的面容與個性是屬於孩子的天真浪漫，枒木童子則很明顯是不認輸的樣子。

接著兩人又聊到「白白」——似乎是座敷童子很愛的一隻兔子布偶。

在枒木童子想要捉弄座敷童子時，總喜歡對著布偶打啊、藏起來什麼的，簡單來說就是小孩子的惡作劇。接著座敷童子便會動手扯掉枒木童子衣服上的櫻花裝飾，好像枒木童子很喜歡那些裝飾，所以她會故意這樣去鬧回來。

雖然兩個人總是這樣一鬧一吵，不過最後他們還是會一起滾到地上笑著言和。孩子天性、雙胞胎、姐弟，血緣的羈絆讓他們怎麼樣也無法真的與對方分離。

扉空看著眼前再度上演搶兔子布偶和拆櫻花裝飾戲碼的兩名孩童，不自覺的，他嘴角上揚。

「對了、對了！」

座敷童子突然鬆開手中扯著的櫻花，她回望向扉空，好奇問：「我一直覺得扉空哥哥很眼熟，扉空哥哥，我們之前是不是有在哪裡碰過面？」

扉空一愣，被女孩這麼一提，他也確實覺得好像在哪裡看過這個女孩。畢竟對方的服裝還算挺特殊的，還有那隻布偶……

「……在船上，從二樓掉下布偶的……」

扉空有些不太確定的語氣，下一秒就被座敷童子的興奮聲攔截了。

「啊啊啊啊！對對對！扉空哥哥是幫我接住白白的人！」

座敷童子整個人興奮得跳了起來，「咻」的一下跑到扉空跟前，兩隻手掌放在扉空的膝上跪坐著。看得出來被對方認出讓她很開心。

座敷童子過於親暱的動作雖然讓扉空皺起眉頭，但他並沒有拉開女孩的手。或許是對方過於燦爛的笑臉讓他無法做出拒絕的動作。

——和碧琳很像啊，這孩子……

他記得小時候的碧琳也曾經這樣開心的笑過。

扉空垂下睫毛，又再度睜開眼，他原本緊皺的眉頭緩慢舒開，只是過長的瀏海讓座敷童子並沒有察覺到這變化。但是剛好回到營地的伽米加卻看見了，那抹讓人幾乎迷失的微笑。

那笑容，帶著包容，也藏著他無法看透的苦澀。

他真的很難想像如此美麗的人其實是一個男人。

伽米加敲敲頭讓自己清醒些，他笑著舉起自己手上的戰利品——被繩子一隻一隻綁住腳，雙眼已經變成「X」狀，巴掌大的七彩鳥。

因為地區的不同，雖然一樣是七種顏色的鳥類，但是卻長得有點像河豚，牠們肚子鼓大，頭和翅膀都小小的，鳥喙差不多是頭的三倍大小。北方大陸裡的七彩鳥則是比較偏於長條狀。

「看！今天晚上就吃烤肉！」

「大叔你真厲害，這東西我都抓不到耶！」一旁的枒木童子雙眼放光的盯著伽米加手上的小鳥串。

看起來伽米加因為這串鳥，已經成為了枒木童子崇拜的對象。

「是嗎？我倒覺得滿容易的……還有，可不可以商量一下，別叫我大叔，我年齡還沒到那麼老，叫伽米加哥哥怎麼樣？」

「喔……」枚木童子提出條件：「那你要教我怎麼抓到牠們。不過伽米加哥哥有點長，簡單點叫『米哥』行嗎？」

枚木童子小小的嘴角含著不易察覺的笑意，像是小孩子的惡作劇。

——呼呼～是米糕耶！

「沒問題，成交！」

伽米加完全沒發現稱呼上是否有些問題，他爽快的伸出獸掌。

「成交！米哥！」

獸掌與小了四倍的手掌互拍相握。枚木童子與伽米加笑開懷。

不過，此時扉空的聲音打破了兩人間完美交易的氣氛。

「你為什麼每次都是抓那些鳥？而且還是七種顏色剛剛好。」

扉空覺得自己都開始有點同情那些剛好被設定成彩虹色的鳥類，因為只要他們紮營，附近的七彩鳥就一定會成為當晚的主食。如果伽米加好心一點，那麼那些鳥類可以幸運的逃過一劫；不過，當然只有當晚倖免，隔天他們火堆旁一定繼續出現那些眼熟的色彩。

「你不覺得顏色賞心悅目，吃起來也會舒服嗎～」伽米加把剛剛順手撿來的樹枝削得像竹籤般細長，而枕木童子則是頗感興趣的蹲在旁邊戳戳小鳥。

就在伽米加削完樹枝準備處理小鳥時，座敷童子整張小臉皺成一團，有些遲疑的喊著：「那個，叔叔……」

「妳弟弟都叫我米哥了，妳也叫我哥哥吧。我只是種族挑獅獸人，實際年齡還沒老到當叔叔。」

伽米加晃著樹枝糾正，而座敷童子也點頭接受，然後她小心翼翼的繼續說：「唔……好，伽米加哥哥……那個河豚鳥……是有毒的……」

「喔，有毒又沒差，反正……咦！有毒！？」正要將小鳥插上樹枝的動作停止，伽米加錯愕的望向座敷童子。

座敷童子用力點頭，她指著枕木童子說：「上次枕木就吃到差點掛掉。」

被指名的小弟瞬間瞪大眼，困惑的指著自己，「我？哪有？座敷妳別亂講話，我什麼時候吃過這種鳥了！？」

「就兩個禮拜前，我們在打『豆豆』的那個時候，中午你去撿烤肉用的木柴時，我剛好在樹旁撿到一隻綠色的河豚鳥，之後烤一烤，你吃完後就鬧肚子疼……還是我把你揹去城裡醫院治療的那一次。」

「那不是妳裝備欄裡的山雞肉嗎！？座敷，妳又騙我！」杴木童子整個人跳起來，他激動的指著與自己有著相同面貌的雙胞胎姐姐。

搞什麼！難怪他總覺得奇怪，怎麼可能吃個烤肉肚子會痛到快死掉，血量還拚命往下掉，原來是這傢伙把隨地撿來的毒物摻進食材裡！

座敷童子白了杴木童子一眼，她嘟囔：「我哪知道你吃了會食物中毒，我想說應該可以吃。你又沒問我那是什麼，自己搶去吃的。」

杴木童子氣到發抖，他破口大罵：「還好我沒整隻吃完，不然早被毒死回重生點了吧！況且什麼叫『我自己搶去吃』？萱媽媽明明就交代在《創世記典》裡面嚴禁隨便撿東西吃啊啊啊啊！」

「……誰叫你摔我的白白！」

所以她根本是挾怨報復吧？

枚木童子小小的拳頭緊握，整張臉都黑了，他死瞪著座敷童子；座敷童子也抱著兔子布偶，不甘示弱的瞪回去。

兩名孩童「哼」一聲，同時撇過頭。

伽米加也不顧晚餐了，直接扔掉手上據說是有毒的小鳥，揉了揉枚木童子的頭，苦笑著勸說：「好了、好了，別吵了。其實這件事情也沒那麼嚴重，雖然座敷沒有告訴你那食材的來歷，但是你鬧肚子疼的時候她還是二話不說揹著你衝醫院，不是嗎？」

「這本來就是應該的吧！是她先害我中毒的！」

「誰叫你老是欺負我的白白！」

伽米加看著雙胞胎越吵越凶，他轉向扉空求援：「扉空，你也幫忙勸一下吧！誒！？別用腳踢人啊！」

伽米加趕緊抓住枚木童子準備賞給座敷童子的一記右腳飛踢，另一手擋下座敷童子揮來的拳頭，他慌張的兩邊勸，可惜效果不大。

扉空一直坐在旁邊，抱持著不想攪和的心態看著眼前陷入混亂的三人，只是最後仍被吵鬧聲弄到受不了。他嘆了一口氣，起身來到雙胞胎身旁跪蹲著，在兩人面前攤開手掌心。

一手一腳分別停止在半空中，然後放下，也在同時，透明的晶粉夾帶著一絲寒氣從扉空攤平的掌心中如柔絲般盤繞飛出，兩朵冰做的睡蓮出現在環繞的晶粉中央。一瞬間，晶粉散開，冰睡蓮在火光的照射下發出閃閃動人的晶光。

不只伽米加被冰睡蓮吸去目光，就連原本打鬧得凶的兩姐弟也都忘了爭吵，傻愣的看著各自在眼前盛開的小冰花。

「好漂亮……」兩人同時發出讚嘆。

「不吵架，就送你們。」

聽見扉空的話語，座敷童子與枚木童子互看一眼，很有默契的直接摘下眼前的掌中冰花，他們舉起手應諾：「不吵了！我們不吵了！」

兩隻脫韁野馬一瞬間就被收服，他剛剛那麼辛苦的擋著勸說到底是為了什麼？早知道叫扉空來變朵花不就好了！伽米加腹誹著。

扉空沒多說什麼，撐膝站起，左右手各自揉了揉兩個孩子的髮，接著他走到小鳥串前開始一隻一隻的解著繩子。

「既然不能吃，就放生。同意吧？」

「當然！我們很愛護動物的！」

「小鳥是需要被保護的！」

座敷童子與枕木童子同時附和。

兩個小孩寶貝的摸了摸屬於自己的冰花，將冰花收進裝備欄後便一起跑到扉空身旁，幫忙解繩放走小鳥。很明顯的，兩個人已經被收買了。

清醒的七彩鳥拍著短小的翅膀緩慢的飛往枝頭，沒清醒的則是被枕木童子扔到一旁的草叢裡。

「不過這樣的話……晚餐就飛了。」

伽米加邊嘆息邊看向停在枝頭瑟瑟發抖的七彩鳥，心想：真可惜，居然是不能吃的。

不過他也納悶，之前明明吃過那麼多次都沒出問題呀……難不成這毒只對小孩子起作用？算了，不管是什麼原因，既然鳥本身就有問題，那他也不好再去碰了。

「我、我們有之前在商店買的速食和冷凍食品，本來是要應急用的，今晚就吃掉一些沒關係。」座敷童子趕緊說著。

杦木童子也在同時非常配合的叫出裝備欄的視窗，開始挑選要拿來當成晚餐的食物。

「太好了，那今天的晚餐就麻煩你們了，座敷、杦木。」伽米加笑著摸摸雙胞胎的頭。

面對誇獎，兩人的反應卻有些不同。座敷童子瞬間爆出燦爛的笑容，而杦木童子則是有些彆扭的轉過身子去翻找食物。

在兩個孩子忙著翻裝備欄時，伽米加轉向扉空。他噘起嘴，雙手互握著，眨了眨閃爍著星光的眼，「扉空哥哥，我也要一朵冰花。」

不過很可惜，扉空並不賞臉，反而冷冷的吐槽：「真噁心，你這副樣子。」

「別這樣，誰叫你一改之前的作風。原來打怪的技能還可以用在小孩子的勸架上。讓我很意外呢，扉空。」伽米加笑著揮揮手。

「……因為不一樣。」

「咦？」什麼東西不一樣？伽米加露出困惑的神情。

扉空看著周圍散著一個個裝著不同食物泡泡的座敷童子與杦木童子，火光將他的臉照得紅。

扉空輕聲訴說：「不管再怎麼樣，都不能對小孩動手。他們，是應該要被大人保護的……不是嗎？」

伽米加愣愣的看著眼前的扉空再度斂下眼眸。扉空的眼裡有股很深、很深的思緒，連識人眾多的他也看不透，唯一可以感覺到的是——那是種痛苦。

如同無法解開的束縛。

「扉空哥哥、扉空哥哥，我這裡有炸雞、薯條、義大利麵、海鮮堡，你要哪一種？」

「扉空哥，我這裡有雅雅蘭牌的水餃、叉燒包、黃金起司枸杞炒飯、真鯛料理套餐，你要哪一種？」

扉空低頭望著像是現寶般抱著一堆食物泡泡的兩個孩子，他思考了一下，問：「有冰淇淋嗎？因為種族關係，我不能碰熱食。」

「有！」兩人同時舉起裝著巧克力口味的圓桶冰和甜筒。

扉空一愣，露出微笑。

「謝謝。」

▶▶Loading...

第三伺服器

難以忘懷，雷雨的記憶……

「走～走～走走走～我們小手拉小手～」

充滿天真的童音在森林裡歌唱著，不知道的人可能會以為是哪家的幼稚園帶隊出遊中。不過，既然是在《創世記典》裡，那麼每個人第一個冒出的想法，便是嘆息又有不知死活的新手小孩踏進這塊領域了。

唱歌的既不是幼稚園出遊的孩童，更不是剛創立角色沒幾天的新手小孩，雖然等級已經近四十五等，但是遇上巨大的低等怪獸時還是會被嚇到不知反應，反被當成糧食追著跑——他們是扉空的新隊員，座敷童子以及枕木童子。

即便有過上次差點被螳螂蛛吞下肚子的驚恐經驗，但是雙胞胎過一晚就全忘光光了。在旅途中他們三不五時看見奇怪的花啊、生物啊，直覺反應就是去戳對方——這不是挑釁是什麼？然後二人再被反追著逃回到扉空身邊，最後怪物被伽米加一爪剖肚收場。

因為對方是孩子，扉空和伽米加也不好多說什麼，無限循環卻又無可奈何。

過一陣子，或許是玩膩了，座敷童子和枕木童子變成帶隊者，走在最前方。

一路上，沒有什麼怪物出來擋路，雙胞胎嘴裡唱著一首又一首的兒歌，悠閒的唱上癮了。

「多了小孩，氣氛也歡樂不少呢。」

伽米加活動一下手臂，似乎已經沉浸於放鬆的氣氛裡。

看了身旁邊走邊看著某面板的扉空一眼，伽米加腳步一移，來到扉空身後。

藍色投影的面板上顯現的是區域地圖，地圖裡有著一枚紅色的「▲」符號停在中央下方，箭頭周圍則有三顆金色星星，隨著箭頭指著的方位，地圖用著遲緩的速度往下捲動。

在視窗旁邊有個空白欄，上頭標示著──

「▲」＝【扉空】

「☆」＝【「？」隊員】

那個「？」大概是隊名吧。他們在中央城鎮準備的時候先組了隊，不過因為是臨時隊伍，就沒有特地去取名字，系統也直接採用預設值，給個問號當隊名。

「萌咩羊山要先繞過……」

扉空專注的盯著螢幕，唸著碎語。

隱隱約約的，扉空總覺得不對勁，感覺後面好像有什麼……才一轉過頭，扉空腳步立刻凌亂的往旁邊踩去，伴隨著怪叫，一巴掌也直接朝前揮去。

好在這次伽米加有做好準備，往下一蹲，閃過攻擊。

「嘿嘿嘿，我就知道你會來這……唔噗！」

下巴瞬間被一拳朝上重擊，伽米加抱著險些脫臼的下巴哇哇大叫的跳著，而扉空則是揉著剛剛出拳的左手，驚魂未定的喘著氣。

走在前方的座敷童子和杦木童子聽到後頭傳來的巨響，兩人停下腳步，一回頭看見的便是雙目怒瞪著的扉空，以及抱著下巴邊跳邊喊「早晚我會殘廢」的伽米加。

座敷童子好奇的喊著問：「扉空哥哥、伽米加哥哥，你們怎麼了？」

「……沒事，剛剛……」扉空再度瞪了伽米加一眼，咬牙切齒的說：「有隻欠扁的怪物躲在我後面裝神弄鬼，讓我發現了痛揍他一拳而已。」

「太過分了！居然說我是怪物……」伽米加動了動顳顎，希望自己的下巴沒歪掉才好。

「誰叫你要躲在我後面，我說過了我很討厭那種躲著不出聲、專門嚇人的敗類。」

「我哪有躲著不出聲，是你看地圖看得太專注才沒發現到我好不好！而且你從今早出發就一直盯著地圖對照看，不過是翻過高原到達萌咩羊山，根本不需要一直盯著地圖看。」伽米加激動控訴。

不過扉空根本不理他，只是冷冷的吐出三個字回敬：「……你管我。」

「你一直看地圖我就會很無聊啊！」

「那又怎麼樣，你不是有教鞭可以玩？你這S……」

單音字節再度現身，伽米加慌忙反駁：「我都說過我不是SM愛好者……」

話還沒說完，一道冰涼的觸感落在他鼻尖，寒意竄入皮膚、脊椎，伽米加抖了抖身子。他先是朝著天空嗅了嗅，然後趕緊打開面板看了一下區域地圖下方的氣象欄，瞬間，他遠目了。

「糟糕，我居然沒注意到……」

「什麼？」

扉空的問話還沒得到解答，左手瞬間被強勁的力道拉著跑。

也在同時，稀稀疏疏的雨滴開始穿過周遭茂盛的大樹，落在沙地上形成點點斑駁。

「唔哇！下雨了！」

枕木童子一手護著頭、一手拉著座敷童子，在伽米加和扉空跑來的時候跟上他們的腳步，找地方躲雨。

「原來這裡也會下雨……」

扉空感受從手腕傳透來強勁的拉力，雙腳踩過逐漸泥濘的土地，濺起的水花在他的裙襬渲染成碎花般的汙漬。

嘴脣開闔吐出細薄的白煙，扉空抬起頭，看著點點細雨從樹葉縫隙穿過而下，冰涼的觸感滴落在他的臉龐。

一瞬間，世界彷彿失去了聲音，他看見灰暗的天空透出些微光線，一閃一閃的。

他記得以前好像也曾經看過這樣的景象。

冰冷的雨水滴落在扉空的頭上，順著臉頰滑落。毛細孔沁入寒意，透進他的皮膚，透進他的心底，單純的雨水竟讓他的身體克制不住，開始微微顫抖。

一直埋藏在心底深處的情緒緩緩顯現。

突然，一道巨大的閃電照亮整片天空，藍色的閃光讓眼前的景象變成一片白花，彷彿一瞬間，他看見了自己膽怯的倒影。

扉空瞪大眼，好似有什麼東西衝破他的腦海湧現出來，幾乎快震破耳膜的雷響在下一秒撼動大地。

手掌脫離獸掌，扉空雙腳一軟，直接向下跪往地上，濺起的水花沾汙他蒼白的臉，下半身的裙襬幾乎泡在泥水裡。

「扉空？」伽米加趕緊停下腳步，而前方的兩個孩子也回過頭。

「扉空哥哥？」

「扉空哥？」

「想跑？你能跑去哪？」

黑白回憶裡的魔音化為荊棘纏繞住他的四肢，讓扉空幾乎無法動彈。

一滴一滴的雨聲全變成了那人追逐的腳步聲，從他心底竄起寒冷的畏懼。

視線無法移動，他只能顫抖的瞪著前方，乾澀的喉嚨勉強嚥了口唾沫。

他想爬起身卻無法動彈，想開口卻發不出任何聲音，胸口就像是被爪子扯住般讓他無法喘氣……

明明應該已經忘記的回憶，如今卻像細蟲般從黑暗深處鑽出。

一步一步，水花濺起的聲音彷彿就在耳邊，本以為逃離了那個地方就是結束，豈知他根本從未掙脫過那幾乎將自己死死纏繞的夢魘。

他真的好怕、好怕那個人會突如其來的出現，好不容易他和碧琳才逃離的惡夢……

追逐的黑影占據他的五官，搭上了他的肩與四肢，緊緊攀抓拉緊，但他卻不敢回頭看。

黑色的手影從他的脖子緩緩移爬向上，最後停在他的臉頰，輕柔的觸摸像是親吻，明明該是溫柔的行為，但他卻不由自主的發抖。

一瞬間，他眼睜睜的看著手影高舉，隨後一掌凶狠的朝他摑下！

扉空倒在泥濘不堪的水坑裡。

「扉空！？」

伽米加跑回扉空面前，但是卻捕捉不到對方的視線，只能看見被雨水沾濕的蒼白臉龐。

扉空雙手互抓著手臂，緊咬著牙關。

此時，雷聲再次落下。

伽米加看見扉空那雙滿是畏懼的眼正映著自己的倒影，被閃電照得晶亮。

「你媽媽走了，結果你們一個一個囂張得翅膀都硬了！想跑是吧！？你以為你逃得了嗎？看我怎麼打斷你們的腿，你們一個一個都別妄想脫離我！」

看不清臉龐的男子如同猛獸凶狠的向他吼著，伴隨著窗外的傾盆大雨，手上的凶器一棍一棍的朝他揮下。

懷裡的人邊哭邊抖，而他卻是痛到無法聽清楚碧琳在說些什麼，以及那個人在說些什麼。

深植在記憶中的痛讓扉空無法克制的縮起身子，混亂的記憶讓他彷彿回到了以前最害怕的時期，他只能發抖的喊著：「對不起，我們不敢了……對不起……」

「我要你們永遠都無法離開我！你們這輩子都別想！」

無法拋棄的魔音穿透腦袋環繞盤旋，一次又一次的響盪。

扉空脣瓣顫抖卻無法發出任何聲音，只能任由著刺骨的恐懼穿透心扉，他抓著髮哀號著，整個人蜷縮在地。

當愛變成執念，就是一種可怕的束縛。

「扉空！？扉空！」

伽米加趕緊抓起扉空的肩膀，但也發現對方根本站不起來，浸水的衣物讓重量更加沉重且冰冷。他喊著扉空的名字，卻無法得到扉空的回應，伽米加感受到從掌心傳來的恐懼顫抖。

「扉空哥怎麼了！？」

「他沒事吧？」

伽米加拉著扉空的左手繞過自己的頸部，邊撐邊扶的將扉空從地上拉起，他對著兩個孩子吩咐：「扉空我來扶，你們快去找可以避雨的地方。」

收到伽米加的命令，座敷童子與枚木童子半刻也不敢停留，他們趕緊朝向四周找尋著足以容納四人的遮蔽物。

幾分鐘後，前方道路傳來了枚木童子的大喊：「這裡有個山洞！」

聽見聲音的座敷童子從一旁的樹叢鑽出，跑到扉空的另一邊幫忙撐托著，和伽米加一起扶著扉空走向枚木童子找到的山洞。

山洞口被如同垂簾的草枝蓋住，如果不仔細看還真的不會發現。

枚木童子踮高腳尖將垂枝掀開，讓伽米加三個人可以順利進來。

洞穴裡頭約五公尺長寬，容納四人避雨不是問題。

伽米加讓扉空靠著岩壁坐下，座敷童子和枚木童子也顯得有些緊張，看來他們都被扉空剛剛的異狀嚇到了，雖然現在的情況也沒好到哪裡去。

靠著岩壁的扉空雙手陷進髮絲裡，整個人縮成一團，不知道在怕些什麼，只是不停的發抖，嘴裡也從未停止的唸著碎語。

或許是洞外的垂枝阻擋了雨聲，在山洞裡比在外面安靜許多，而剛剛聽不清楚的話語也逐漸變得清晰。

「對不起……碧琳……我們不敢了……對不起……」

零碎的句子傳進伽米加、座敷童子和杦木童子三人的耳裡。

「扉空哥哥他到底怎麼了？」座敷童子蹲在扉空身旁，想觸碰他卻又不敢。

此時，突來的一聲雷響讓扉空的身子抖得更厲害，他嘴裡唸著的東西更加凌亂。

伽米加不知道扉空怎麼了，不過看得出來似乎是和這場雷雨有關。他表情嚴肅，從裝備欄取出自己的毯子，攤開後便朝著扉空的頭頂整身蓋下。

雖然系統會在五分鐘後自動恢復乾衣服的狀態，但伽米加還是先將扉空的頭髮、衣物用按壓的方式擦乾些，最後他將邊角拉好，讓毛毯可以包覆著扉空。

「扉空？」

伽米加出聲輕喚，但卻沒有回應，扉空只是沉浸在自己的思緒裡，也沒有以往的針鋒相對。

他就像木偶般維持著縮成一團的姿勢，空洞的不停低聲唸著越來越小聲的碎語，抓著髮絲的手指從未鬆開，反而更加揪緊。

「和雅雅真像……」

身後傳來的話語讓座敷童子和伽米加同時望向杦木童子。

只見男孩沉默的盯著扉空，若有所思。

座敷童子回憶著，突然她輕拍掌心，說：「雅雅……啊！你這麼一說，扉空哥哥現在真的跟剛到『家』的雅雅情況好像！」

「雅雅？」

「嗯，對啊，是我和杦木的家人！」座敷童子張開雙臂說著。

提到這一位人物，她似乎很開心。

伽米加發現句子中有很奇怪的詞──「家」和「家人」。但他沒多問，反而問起那位「雅雅」。

他想知道為什麼扉空的情況會和那位雅雅相似，又相似在哪？

「雅雅她的爸爸媽媽對她很不好，所以她才被送到『家』來，剛來到『家』的雅雅常常像現在的扉空哥哥這樣……有些人很怕雅雅這個樣子……」

座敷童子講到這裡，杦木童子接下了話，他雙手握拳有些生氣的說：「雅雅是個好孩子，只是那些大人對雅雅太過分，雅雅當然會怕！那些人什麼都不知道！」

「雅雅她只是有些時候會想起以前……」

伽米加捕捉到話裡的幾項訊息，他將視線鎖在前方的人影上。

——難道扉空他……

「只要雅雅開始害怕的時候，我和座敷就會這樣……」

雙胞胎來到扉空身旁，他們伸手摸了摸被毛毯蓋著的頭頂，同時輕聲說：「別怕別怕喔，我們都在你身邊，不管發生什麼事，我們都在，所以不怕不怕。」

洞外的雨勢有些擴大，稀里嘩啦的聲音傳進洞穴形成回音。

不知道是不是雙胞胎的話語出現了效果，扉空的身子不像剛剛那樣顫抖得厲害，口中的碎語也似乎少了許多。

然後，扉空抓著髮絲的手緩緩鬆開，握住了放在自己頭頂給予安慰的手，緊緊握在懷中。

「扉空哥哥！？」

扉空抬起頭，他搖晃的視線看不見其他人，在他眼前的是如同夢境般的虛影。

「碧琳……碧琳……」

痛苦的聲音流洩而出，句句低喊夾雜著無法流出的淚水。

在他離開那個地方的同時就已經發誓：不管如何，都不會再落下一滴淚。不管再怎麼苦、再怎麼樣的遍體鱗傷，為了碧琳，為了那總是用笑臉面對他的少女，他都要撐起那片已經破碎不堪的天空。

就算他撐不起，也要強迫自己撐起。

即使很多時候他幾乎累到想就此放棄。

被緊緊握住的手有些發疼，柀木童子皺著眉卻也不抽手、不喊痛；座敷童子則是用著另一隻手覆蓋在扉空的手背，她將額頭靠在那交握的手上，帶著不屬於孩童般的溫柔語氣說著：「扉空哥哥別擔心，我們都在。」

扉空的手指有些顫抖的鬆開，雙手互握在懷裡，過長的瀏海遮去臉龐。只見他低頭靠著膝蓋，卻沒有再傳出碎唸。

座敷童子和柀木童子收回了手，他們轉頭擔心的看著伽米加。

伽米加一直保持嚴肅的表情終於鬆開，他將食指靠在嘴前，眼裡充滿意外的柔和。

「等扉空醒來，什麼都別說。」

雙胞胎互看一眼，用力點頭，各自將食指靠在脣邊「噓」一聲，同時道：「我們知道，剛剛看見的是秘密。」

▲▲▲◎▼▼▼

四周是無法看透的黑。他不知道這樣的日子究竟還要過上多久，也不知道已經過了多久，唯一聽見的是懷裡抱著的人傳來的害怕話語。

「哥哥……爸爸他為什麼那麼生氣？是碧琳不好嗎？是碧琳哪裡做錯了嗎？」

「碧琳妳沒有錯。」即使身體叫囂著近乎散骨的痛，即使臉上已經被淚水掩蓋，他還是努力露出笑臉來安慰著懷裡的女孩。

瘦弱的……

他的珍寶。

「那麼為什麼爸爸要打我們？碧琳和哥哥明明都一直很聽話、很乖的，為什麼他還是要打我們？」

女孩句句帶著哽咽的問話他無法回答，他只能不停的說著——

「我們沒有錯，碧琳並沒有錯……」

他們錯在哪裡他根本就不知道，唯一清楚的是那個人嘴裡的「愛」讓他們畏懼、讓他心寒。

他只是想要和別人一樣，小小的幸福能夠持續到永遠、持續到未來的每一天，即使最愛他們的人離去了，至少這點不變。

但是他錯了。

他不該抱著這樣的冀望。

「為什麼？哥哥……哥哥……」

懷裡的呼喊越來越微弱，他低下頭，看見的是呼吸困難的女孩。

他驚慌的喊著、哭求著，卻還是無法阻止女孩的雙眼閉闔，然後瞬間，懷中的人兒化成了一灘血沙，從他的指縫間流逝。

▲▲▲◎▼▼▼

緊閉的雙眼睜開，扉空凌亂的喘著氣，他的衣服幾乎被冷汗浸濕。

「剛剛那是……是夢……」

為什麼他會做這樣的夢？他居然夢見碧琳……

扉空將臉埋進雙掌裡，靠著深呼吸來讓自己冷靜些，也因為剛才的夢境過於恐怖，他不願再去回想。

抹去臉上的汗水，扉空倚靠著身後的岩壁站起，小腿傳來的麻刺感讓他險些軟腳。抓著岩壁穩住身子，視線定下之後，他終於發現自己目前所處的地方。

這裡是個洞穴，洞穴的入口被像是垂柳般的樹枝蓋著，像門簾一樣。

因為洞內只有他一個人，所以看起來視野挺廣的。

對了，他記得不是在下雨嗎？

好像大家要一起去找避雨的地方，然後他看見了雷閃……

洞外突然傳來的腳步與交談打斷了扉空的思緒，他抬眼望去，洞口的垂枝被一隻小手掀起，隨後是獸掌。

伽米加、座敷童子和枕木童子走進洞穴裡。

伽米加眼角注意到旁邊的身影，他先是一愣，隨即笑著打招呼：「呦，早安！」

「早安，扉空哥哥！」座敷童子捧著十幾顆不同形狀與色澤的小寶石，滿心歡喜的跑到扉空面前，她高舉著寶石，說：「這是我們剛剛打怪打到的，雖然只是沒用的小石頭，不過因為很漂亮就帶回來了，扉空哥哥送給你！」

「咦？」

「座敷妳好詐，居然先送禮物！」

枕木童子發出抗議，但他話才說到一半就被座敷童子接下來的催促蓋過去了。

「扉空哥哥快點伸出手。」

「啊？好……」

扉空彎低身子，他在座敷童子面前攤開雙掌。

上方的小手鬆開了一條小縫，粒粒泛光的寶石落進下方做成捧狀的掌心裡，在光線的映襯下，散發出迷人的光澤。

「這是我送給扉空哥哥的第一份禮物，要好好收著喔。」

扉空看著女孩燦爛的笑容，反而有些不好意思，臉上也明顯的泛紅。他說聲「好」，然後將寶石收進裝備欄裡。

杴木童子不落人後的也從自己的裝備欄拿出一盒掌心大的圓盒，舉高著遞到扉空面前，問：「扉空哥要吃點冰淇淋嗎？這是我剛剛『特地』用材料混合製成的，不用客氣，快拿去吃吧！」

他似乎想讓扉空更注意，「特地」這個詞還加重不少。

「呃……」扉空愣了下。

雖然他的種族不能碰熱食，不過早上要他吃冰淇淋還是會覺得怪怪的，不管是身體還是心理。應該說，是現實的飲食習慣影響。

但他不知道該怎麼拒絕小孩，又不能太直接。

「好了、好了，早上吃冰淇淋會拉肚子的。」伽米加出聲及時解救了扉空的為難。

伽米加將手各放在杴木童子與座敷童子的頭頂，他朝著洞口抬了抬下巴，對著扉空說：「現在陽光挺暖和的，到外面去吧。」

伽米加沒等扉空應答，拍了拍兩個孩子的後背，三人一起先離開了洞穴。

扉空垂下眼注視著洞口的晃影，深吸一口氣，邁步小跑出了洞穴。

「伽米加。」

第一次喊出獸人的名字，感覺有些卡澀，可扉空還是想問清楚，因為他記得那場雷雨給他的恐懼感。雖然之後的記憶迷迷茫茫，但是直覺告訴他那時候還有著什麼，他可能……可能在不知不覺間說了什麼不該說的話。

他很怕他們會不會聽見了什麼。

伽米加看了前方正繼續走著的雙胞胎一眼，隨後他回頭看著扉空，雙手扠腰、挑眉。

「真是意外，這是你第一次喊我的名字吧？」

扉空遲疑的看了旁邊幾眼，但是卻遲遲沒下文。

伽米加瞇起眼，也不急著要對方說話。

許久之後，扉空終於用著很輕、很輕的語氣問：「昨天……下雨應該是昨天吧？我有沒有……不，你們有沒有……聽到我說了些什麼？」

扉空低垂的睫毛微微顫動，即使問出話語，他仍然不敢抬頭望向對方。

「嗯？聽見什麼？」

聽見伽米加的反問，扉空頓時抬起頭，有些慌張的喊著：「問我聽見什麼？當然是聽見……」

話到一半，剎然止住，扉空咬著脣。他不知道該怎麼說出接下來的話。

「噗！」

伽米加低低的笑傳進扉空的耳膜，扉空訝異的抬起眼。

伽米加習慣性的搓著鬍毛，嘆息似的說著：「我只知道天空打了那道大雷後，你就整個人嚇到暈倒趴在地上，讓一個可憐的獸人和兩名可愛的小孩抬著你去找遮雨的山洞。」

「咦！？」他暈過去了？

「怎麼，你藏著什麼秘密怕被我們知道？從實招來的話朕可免你一死。」伽米加臉上寫滿了期待，伸出食指作勢要戳扉空額頭上的花片。

扉空擋下戳來的爪子，從一旁閃過。

他眼神飄忽的看了一眼伽米加，從獸人身旁走過，嘟囔道：「既、既然沒聽見就算了，當我沒問。」

「耶！？怎麼可以！」伽米加笑咪咪的搭上扉空的肩，「我們是夥伴吧，夥伴是不可以藏秘密的呦~好啦，快說啦！」

「你很煩耶，走開啦！說沒有就沒有！」

扉空一把推開伽米加，快步朝著雙胞胎走遠的方向追去，卻沒發現身後的獸人早就收起了玩鬧性的笑容。

伽米加輕聲嘆息，「全都聽見了，你說的所有話。」

他知道扉空身上肯定背負著某種難以解開的束縛，但他卻沒有勇氣去問清楚，因為他知道那並不是他能扛起的東西。對方，也肯定不會輕易說出口。

「吶，扉空，你到底……肩膀上撐著的是什麼樣的重量？」

獸瞳低垂，伽米加深吸口氣，拍拍臉頰，用著慣有的笑臉取代擔憂，他小跑著跟上扉空的腳步，大喊：「喂！等等我啊！」

身後傳來的呼喊雖然並沒有讓扉空真的停下腳步，但是他臉上緊繃的線條卻柔和不少。

在聽見伽米加的回答時，他確實有鬆了一口氣的感覺。

他不想去探測那句話的真假，因為他也不知道如果對方說確實聽見了什麼……他會有什麼樣的反應。

如果伽米加什麼都沒聽見，那就是最好的了。

扉空撥了下耳邊的髮絲，突然，他眼角捕捉到一個物體——白白的，在樹叢裡偷偷摸摸的只露出一個頂頭。

「？」

扉空才剛停下腳步，身後的獸人也追了上來。

伽米加抱怨的說：「真是的，看你瘦瘦弱弱的，怎麼走個路這麼快？」

「是你太胖了。」扉空白了他一眼。

「這是肌肉不是贅肉……你在看什麼？」

伽米加順著扉空注目的視線望去。樹叢裡的物體晃了幾下，終於從矮根的地方鑽出。

小小的，約到小腿高度，白白的表面上有著一顆直豎的眼，長著手腳的……

「米粒？」

伽米加和扉空對看著，露出怪異的表情，然後他們再度將視線回歸到腳邊的米粒人身上。

「《創世記典》真是無奇不有。」

扉空再次對這款遊戲下了聽不出是嘲諷還是讚美的評語。

連米粒都不放過，這款遊戲裡面到底還有多少奇形怪狀的生物他大概可想而知了，說不定還會有筷子、碗之類的生物。

「居然連米飯造型都不放過，我再次佩服起設計團隊的頭腦了。」

伽米加嘖嘖了幾聲，他彎腰蹲下，戳了戳米粒人。

米粒人有些慌張的往後退了幾步，跌坐在地，接著又像剛在學走路的小孩般，扶著地板搖搖晃晃的站起來。

「哇～好可愛！這是什麼？」

「米粒啊米粒，扉空發現的。」伽米加對跑回到他們身後的座敷童子笑著解釋。

「看起來怪噁心的。」枕木童子搖搖頭，擺明不想靠近。

兩個孩子雖然是雙胞胎，但是看得出來喜好程度有落差。

「哪會，明明就很可愛。」

座敷童子拿出一臺照相機，「喀嚓」一聲拍下。同時，面前也瞬間跳出一塊面板，面板裡是她剛剛拍下的照片。

扉空盯著座敷童子看，似乎對於那臺照相機的功能有些好奇，而扉空這副模樣也全被伽米加收進眼底。

伽米加輕咳一聲，小聲的提醒：「如果你想要，可以到中央城鎮的商店買一臺，拍完的照片在現實世界裡可以從手錶傳送到電腦沖洗出來，如果是舊版的傳輸線，就從手錶旁的傳輸孔連接；如果是用傳輸墊，直接把手錶放上去就可以進行無線傳輸了。」

「你跟我解釋那麼多幹嘛？我又沒有問。」扉空撇撇嘴，側過身。

伽米加聳肩，「喔，我是碎碎唸，自言自語。」

話說完，伽米加也笑了，因為他看見扉空正在研究手環，然後碎碎唸著「相機」和「傳輸墊」之類的詞語。

真是個不坦率的傢伙呢！伽米加無奈的搖搖頭。

「座敷，妳別靠牠太近啦！小心被咬！」旁邊傳來了杦木童子的警告。

「不會啦，可愛的東西是不會咬人的。」

聽見座敷童子的回答，扉空瞬間遙目望向某個方向。

——在那邊很遠很遠的地方有座大海，大海過去是座大陸，在大陸上有座雪山，雪山上有某種可愛到極點的香菇。

「你又在想什麼？」伽米加看著面露死目表情的扉空，失笑。

「……只是想到某種很危險的可愛生物罷了。」

「啊？」

「沒什麼。」

「汪！」

突如其來的狗吠把眾人都嚇了一跳，扉空和伽米加同時望向聲音來源。

枕木童子趕緊搖頭，他慌忙指向米粒人，而座敷童子則是一隻小手僵在半空中，她臉上明顯是錯愕。

米粒人齜牙咧嘴的瞪著座敷童子，再度「汪」一聲，像隻被踩到尾巴的小狗一樣，背上似乎有毛豎起。

「這什麼設定啊……米飯學狗叫？」扉空嘴角抽動。

伽米加拍拍扉空的肩膀，語重心長的說：「《創世記典》什麼都賣，什麼都不奇怪。」

難得的，扉空認同這句話。因為他到現在唯一看過正常的東西……五根手指頭都數得出來，誰知道這款遊戲的開發人腦袋是什麼做的！

——不正常啊，這腦筋。

在扉空心裡響起認同心聲時，旁邊的草叢也傳來了騷動。樹葉一區一區的晃動，伴隨著「窸窸窣窣」的聲音，似乎有什麼東西在草叢裡走動，照情況看來還不少。

座敷童子和枚木童子錯愕的往後一退，緊接著轉身跑到伽米加身後躲著，只探出兩顆小腦袋張望。

窸窸窣窣的聲響不斷，白色的頂部從樹叢中鑽出。

一隻、兩隻、三隻……

數不清的米粒人圍繞在剛剛被扉空一行人好奇觀看的米粒人身旁。

「汪！」米粒人再次狗吠。

全數米粒人像是行軍般整齊的轉身面向扉空一行人，張嘴齊聲大叫：「嗚啊嗚啊嗚——」

米粒人白色的尖牙如同劍山，鋒利的閃了數萬個十字光。

「總覺得……有點不太妙。」伽米加嚥下口水，扯出抹乾笑，往後退了一步。

座敷童子和枚木童子也跟著向後退了兩、三步。

「這場景挺眼熟的。」扉空眨眨眼。

在米粒人發出震破空氣的狗吠時，扉空當機立斷直接撈起離自己最近的枚木童子，喊聲「快跑！」後，便轉身開始拔腿衝。

伽米加先是一愣，隨即抓起座敷童子，跟著扉空轉身狂奔。

「汪！」

一聲令下，米粒人如同白色的狂浪朝著扉空一行人席捲而去，一邊發出「嗚啊嗚啊嗚——汪！」的詭異叫聲。

▶▶Loading...

第四伺服器

小孩不發威，當她是病貓？

溫暖的和煦陽光從枝縫間灑落在林間小道，道路旁的碎石因雨後積水反射閃著糖果般的晶瑩，樹上的七彩怪鳥用著詭異的叫聲合成組曲，松鼠站在枝頭悠閒的啃著松果。

突然，一聲巨響打破了一切的寧靜，所有的動物嚇得紛亂逃竄。

扉空抱著杴木童子死命狂奔，在他身後跟著跑的則是撈著座敷童子的伽米加，兩人哪裡有路就往哪裡鑽，也不管是不是偏離了他們要前往的萌咩羊山的方向，反正現在保命要緊！

因為現在有一群白色的物體正瘋狂追逐在他們身後，那是長著手腳的詭異米粒。

後頭足以媲美猛獸的洪流似乎有加速的傾向。

「該死的，這群傢伙有病是不是，追了這麼久早就出了攻擊的範圍，怎麼還不停下來！」伽米加罵罵咧咧的，雙腳也跟著加大步伐。

「誰叫你要戳牠！不戳牠不就沒事了！」扉空邊跑邊喊著，指責伽米加手賤。

伽米加也不甘示弱的反擊：「玩遊戲玩那麼久第一次看到長手長腳的米粒，是人都會好奇的，你敢說你對牠不感興趣？而且我是戳幾下而已又不是戳到牠死，搞什麼叫同伴一起襲擊啊啊啊啊啊！」

「手賤就手賤，還怪人家長得一副欠人戳的樣子！還有，不要把我拖下水！」

開什麼玩笑，明明他什麼事情都沒做，為什麼要一起被追著跑？都怪這頭獅子！成事不足敗事有餘，整天就只會給他惹麻煩！

兩人你一言我一語的爭辯，他們腳沒停、嘴也沒停，而被抱著跑的雙胞胎姐弟則是不知道該不該打斷他們的爭論。

杦木童子瞄了他們身後好幾眼，最後他終於受不了，高聲大喊：「扉空哥、米哥，別吵了！後面的都快追上來了！」

吵得正烈的兩人同時一頓，他們看了眼身後只差幾步就會追上的米粒軍團，深吸口氣，兩人同時加快速度狂奔。

「碰——」

頓時，扉空的身後傳來巨響。

「米哥！？」

懷裡傳來杦木童子驚恐的喊叫，扉空趕緊剎住腳步，一回頭，只見他身後的伽米加和座敷童子都趴倒在地。

獸人不只腳邊插立了好幾根叉子，有兩、三根更是直接扎進褲管裡的小腿。活生生扎進肉裡的叉子柄發出凶器特有的十字閃光。

「那個笨蛋！」扉空難得露出慌張神情。

「痛死了……」伽米加混混沌沌的抬起頭，當他看到腳邊的凶器時嚇到毛都豎起來了，趕緊把插在腿上的叉子拔起來。

好在獸人的骨骼和肌肉比其他種族都要硬上一些，傷口有些痛，但還不至於到噴血的地步，不過也足以讓伽米加的動作遲緩許多。

伽米加一跛一跛的爬起，拔腿就要跑，卻隨即發現自己手上好像少了什麼重量……對了！座敷啊！

「嗚啊嗚啊嗚——」

在伽米加身後五步距離的座敷童子爬起身，她拍了拍沾在衣服上的泥沙。

扉空眼見米粒軍團即將逼近女孩，他本想使用技能，但耳邊卻傳來系統的提示音——

『系統提示：【冰鏡花】冷卻尚未完成，無法使用。距離完全冷卻時間還剩餘 34 小時 57 分 36 秒。』

該死的！他居然忘了前天為了讓這兩個小孩合好，把技能用掉了！

他現在沒辦法使用技能，靠著那只能凝結一塊冰、一顆小雪球的凝冰術和凝雪術，他也沒辦法對付這樣龐大的軍團，其餘兩個小孩和一個殘廢的獸人能做什麼？

他們現在唯一能做的一件事情就只有……

「伽米加，你在呆什麼，還不快帶著座敷跑啊！」扉空終於忍不住大喊了。

被扉空一吼，伽米加回過神，一跛一跛的朝著座敷童子半走半跳的跑去，沒想到就在此時，座敷童子的聲音傳進他的耳膜裡——那是種肅然的氣息。野獸的直覺強迫伽米加停下腳步，忍不住向後一退。

很意外，他居然在怕著她——一個小女孩。

「啊……衣服都髒了……」

座敷童子拍拍掌心的泥沙，不滿的噘起嘴，「本來別人家的壞小孩我是不怎麼管的，畢竟要教好枕木已經不容易了。不過要是其他人受傷，座敷我啊……會很困擾的喔……」

座敷童子稚嫩的童音不疾不徐，紅色的雙眸滿是天真浪漫，絲毫沒有任何恐懼。

「啊，那些『東西』死定了。」枕木童子的聲音從扉空懷裡傳來，那是種幸災樂禍。

扉空一愣，他低頭，只見枕木童子正掏出一副墨鏡戴上。

枕木童子在注意到扉空的視線後，推了推墨鏡，「不好意思喔，扉空哥，我只有一副。」

「啊？」

「扉空哥，如果你是擔心座敷的話大可以放心，我比較擔心米哥，那叉子可是直接扎進腿裡，看他那樣子可能跑也跑不快了……」

最後的句子嘟囔完，枕木童子聳了肩，說：「不過既然座敷都火了，跑不了倒也沒什麼關係。扉空哥，建議你最好先遮一下眼睛。」

扉空正在努力理解枕木童子所說的話，這時座敷童子的聲音清晰的傳來，那是一種滿含魄力的「命令」。

「名魅應皇，六花誅散。冥黃泉之使，服從吾聲，傾聽吾令。」

座敷童子雙手往空中一劃，指間霎時間出現一張書寫草字墨跡的紙牌。

金色旋風颳過樹林，盤旋於紙牌之上，一道光影凝聚在女孩身後，形成了有著狂獸氣息的人影，人影看似一名成年男子。

男子紅髮如焰，臉帶高傲不拘。

座敷童子踏著木屐的雙腳輕蹬，她腰繩尾端的雙鈴發出叮叮噹噹的脆響。

「嵐吹三諸岳，三室山上紅葉葉，飄落龍田川——川間紅葉朱似錦，絢爛如畫映眼簾——」

隨著座敷童子如歌調般的和音，原本的森林竟與另一種全然不同的風景重疊——一重又一重的山岳綿延堆立，隨著風吹，枝葉發出沙沙聲響，川面閃耀粼粼波光；楓葉將景緻染成一片江紅，葉子飄落於川面揚起漣漪。突然一陣狂風颳起，絕景瞬間扭曲起來被捲入旋風之中，聚集於座敷童子的手牌上。

紙牌上的墨跡像有生命般的一字字從牌上剝離，如同魚群迴游於座敷童子手上的紙牌旁。從光影男子身上發出的光芒流入牌中，紙牌染上鮮豔紅光。

「明華為伏流，花歌應牌，六九之曲——」

座敷童子射出夾於指縫間的牌紙，紙牌凝貼於路口的半空之中。

「楓紅絕網！」

隨著座敷童子稚喊，無數的細紅鐵鍊從紙牌竄出、連結。一道緊密的大網封結道路，來不及剎車的米粒人直接硬生生撞在光網上，金色電流爬過網繩，刺眼光芒穿透林間。

像是電蚊子般的劈啪聲響不絕於耳！

許久之後，扉空終於放下遮掩的手掌，只見原本緊追不放的凶惡米粒人現在居然整大群趴倒在地、東倒西歪，牠們原本看似尖硬的表面也像是被蒸烤過般，呈現鬆軟及微焦，然後開始十幾隻一區一區的變成數據消失，徒留滿地的金屬叉子和金幣。

簡單來說，他們不用逃了，因為怪物被打死了。

而且還是被一個需要伽米加將她從樹上解救下來的小女孩打倒的。

「誰叫你們太過分，害我們拚命逃跑又害伽米加哥哥摔倒，還讓萱媽媽特地買給我的衣服髒掉了！下次再這樣，我就直接叫『威士比』把你們統統燒了。」

座敷童子嘟嘴指著前方正在消失的米粒人，大聲的斥責完後，便轉頭對著身後的光影男子揮揮手，「可以囉，威士比。」

光影男子伸手摸了摸座敷的頭，隨後掃了周圍的人一眼，最後視線停駐在扉空身上，但也只是幾秒的時間。接著「咻」的一聲，男子化成一團光球竄進座敷的胸口裡，座敷童子鎖骨下方的花紋隱隱約約的加深了色澤。

情勢的逆轉讓扉空錯愕。

——原來座敷這麼強……也是，她都已經四十五等了，若說沒什麼強大技能，那麼這款遊戲還有誰要玩？

——不過，既然她那麼的強，枚木童子應該也差不多有類似的強大絕技。如果是這樣，為什麼這兩個小孩會那麼簡單的被一隻螳螂蛛輕輕鬆鬆抓起來準備當食物啃？

這點扉空想不通，最後他放棄思考。

「剛剛那個金光人……」伽米加忘了腳痛，目瞪口呆的發問。

座敷童子一愣，她拍了下掌，笑著解釋：「伽米加哥哥是問威士比嗎？它是我的式神喔，因為我的職業是陰陽咒師嘛，可以收服任何『靈種族』的怪物當式神。威士比是之前和枚木去解任務時順便收服的，因為它原本的名字感覺有點凶，所以我就給它重新命名成『威士比』了。」

座敷童子解釋完，表情轉為擔心，她跑到伽米加面前跪坐著，問：「不過伽米加哥哥你沒事吧？剛剛那叉子……」

「沒事沒事，傷口不深，但是有點疼。對了，妳剛剛的招式唸曲是和歌吧，妳的職業不是陰陽咒師嗎？」

「和歌」——在大陸未合併前，是日本國的古老詩人所詠唱的詩歌創作。而曾經流行的紙牌遊戲之一「歌牌」，不同於數字的撲克牌，是利用寫有選定的一百首和歌的紙牌來進行己方和對方的奪牌遊戲，據說是以前日本國自古流傳下來的宮廷遊戲。

但在大陸合併之後，因為科技發達的關係，這種古老的紙牌遊戲逐漸沒落，包括一些棋子遊戲也鮮少有人再觸碰了。直到最近，政府推行了復古遊戲發展的政策，這些遊戲才又再度成為小孩子間的玩物，不過也僅限於小孩子和某些有興趣的大人會去深入探討。

據他的了解，陰陽咒師應該招式會偏向於符咒才是，怎麼會唱起和歌來了？難道因為都是產於古日本國，所以才被歸類在一起嗎？

「那個『歌牌百符』是副職業的招式啦，跟陰陽咒師無關喔。」

「副職業？」

杦木童子看扉空面露困惑的樣子，他立刻解釋：「扉空哥應該是剛接觸不久，所以不太清楚吧。現在只要等級到達四十等就可以到事務廳選擇第二個職業，像座敷她的主要職業就是陰陽咒師，副職業則是『和歌詩人』。我們開始玩《創世記典》的時候是已經有副職業的選項了，不過聽說這是改版成二代系統《幻魔降世》後新增的，如果是一代好像就只有單一主業……據說《創世記典》會熱潮不退的原因，多樣選擇的副職業占了很大的功勞呢。」

「那麼你也有副職業？」

「喔，有喔，是『園藝工』。」杦木童子伸出食指晃著，驕傲的說。

——簡單來說就是種花小弟吧。

因為不知道該回答些什麼才不會傷了對方幼小的心靈，所以扉空只能摸摸鼻子，靜默著不表示意見。

原來還可以選擇第二個職業，聽他們兩個的職業名稱相差的程度，好像副職業是日常生活雜貨系的，主職業就比較幻想式。這樣的話……不知道伽米加的副職業是什麼？

扉空正感好奇，座敷童子繼續解釋：「重要的是，使用『歌牌百符』的時候會出現很漂亮的風景，而且每一首和歌都好有意思，比扔符紙有趣多了，所以現在我幾乎都用副職業的招式。伽米加哥哥和扉空哥哥不覺得剛剛的風景很漂亮嗎？」

「……的確很美。」扉空點頭認同。

伽米加跛著一隻腳，拍了拍座敷童子的頭，稱讚道：「座敷妳真厲害，讓我很意外呢。」

座敷童子有些害羞的說：「平常我是乖小孩的，要不是牠們太過分，我才不會這樣。」

「對啦，打我就是乖小孩。」旁邊傳來枚木童子的嘀咕，不過卻被座敷童子選擇性忽略。

——原來打怪的小孩都是壞小孩嗎？

伽米加聽著座敷童子的解釋，他苦笑著搔頭。雖然座敷童子自己沒察覺，不過他倒覺得她比枕木童子更加的鬼靈精。

扉空將枕木童子放下後，來到伽米加身後，他用腳尖踢了踢伽米加那被扎了幾孔的後腿，看著對方抱著腿跳著、齜牙咧嘴的模樣，他嘖了聲：「真沒用。」

「喂喂喂，如果我沒跑在後面，說不定被叉子當火腿射的就是你了，不安慰問候一聲就算了，居然說我沒用？我肌肉是肌肉，腿是腿，生育能力第一強的獅子，哪裡沒用了！」伽米加才剛吼完，一罐瓶子突然遞到他眼前，他呆愣住。

「……誒？」

他眼前的瓶子所裝的是傷藥。

伽米加看著望向別處撇著嘴、只伸長一隻手遞來藥物的少年——扉空的心思可想而知，剛剛的話語只不過是隨口調侃。

伽米加接過藥物，本來想說些什麼，但最後還是改用一抹笑來取代。他晃了晃藥瓶，改口道：「如果是要給我藥物可以直接說，不用特地加上那句來當前鋒吧。」

「那是我的真心話。」

「好好好，真心換絕情。」

伽米加的嘟囔還是被扉空聽到了，他皺眉，「你說什麼鬼？」

「沒事、沒事，耳朵別那麼靈。話說現在是到哪裡了？不知道有沒有偏離路線？」

扉空聽見伽米加的問話，他打開地圖開始查看位置。

伽米加打開藥瓶瓶口，倒了些白色脂膏出來抹在傷口上。沒幾秒，隨著藥膏的消失，他剛剛被扎到的傷口也跟著癒合，伽米加起身動動腳。

——嗯，看起來是沒什麼問題了。

腳一好，恢復活蹦亂跳的伽米加來到扉空身後一起看著地圖。

這次察覺到對方氣息的少年沒再動手打人，只是瞥了伽米加一眼。

扉空關掉視窗，指著左邊不遠處的森林小路，說：「看起來，從那條路可以接到原本的路徑，接著只要穿過高原就可以到達萌咩羊山了。」

「事不宜遲，快走吧。」伽米加率先打前鋒。

「米哥挺興致高昂的嘛，昨天在中央城鎮時還兩、三句離不開要我們打消念頭。」杦木童子雙手揹在後腦。

「說不定他也想要萌咩羊套裝……」座敷童子苦惱的說著，她握拳低喊：「這可不行，人家可是要把套裝送給萱媽媽的！」

扉空看著座敷童子和杦木童子，突然問：「你們那時候為什麼會被螳螂蛛抓住？」

座敷童子和杦木童子同時一愣，互看對方一眼。

「大概是牠長得太醜所以嚇到忘記反擊了吧。」

「是啊，那隻螳螂蛛超醜的！」

這兩個小孩或許不像他所想的那麼弱小，又或許，他們隱瞞著什麼。

「那麼，你們是為了什麼才來到這裡的？」

雙胞胎抬頭望著扉空。

扉空補述：「《創世記典》。」

為什麼會問出這樣的話，他自己也不知道。之前，他是不管別人的想法，只以碧琳為中心活著，別人想些什麼、為什麼要去做那些事情，他根本不在乎。不過現在他卻想問。

——來到這裡、玩這款遊戲的人們，是為了什麼樣的理由？

「……其實我和杦木根本沒有機會可以玩這種東西的。」

女孩夾帶著回憶的語調讓扉空一愣。

座敷童子牽著柀木童子的手，與她相似的雙胞胎弟弟從一出生便一直陪著她，不管生氣、哭鬧、大笑都是一起分享的，她唯一的親人。

柀木童子看著座敷童子，他垂下了眼，回握住她的手，緊緊不放。

「不過，那一天，那兩個人卻送給了我們遊戲設備。明明認識不久，卻比真正的爸爸媽媽還要溫柔，每個禮拜都一定會來看我們，會摸著我們的頭，說故事給我們聽。」

「就算柀木惡作劇，那個人卻從沒生過氣，還讓我們坐在他的肩膀上陪著我們玩、帶麵包來給我們吃；看見我們被欺負，那個人就會把我們護在懷裡，很生氣、很生氣的告訴其他人這是不對的行為，然後完全不嫌我們髒，把自己漂亮的圍巾、外套披在我們身上。」

「如果他們是我們真正的爸爸媽媽就好了。好幾次，我都不禁這樣想著……只要跟他們在一起，就算不知道自己的爸爸媽媽是誰也沒關係，只要跟他們在一起，就會覺得好幸福、好幸福……」

每每想起，她就會覺得很溫暖。很多時候她更希望生下他們、扔棄他們的爸爸媽媽永遠都不要出現，那麼這兩個人就可以一起當他們真正的爸爸媽媽。

即使她知道自己是個微不足道、根本不像其他人一樣光鮮亮麗的小孩，但她還是不免這樣的希望著。

因為她不想失去這樣的幸福。

座敷童子看著呆愣著的扉空，她低低的笑了一聲：「扉空哥哥，你的臉好矬喔。」

「扉空哥哥你看，這樣漂亮的衣服是他們送給我們的。」座敷童子拉著衣袖轉了一圈，輕聲繼續說：「他們不只給了我們溫柔，還給了我們這樣漂亮的世界，所以我和杦木決定，要在這裡好好的玩！為了他們，也為了我們，開開心心的過著每一天。而且他們也說了……如果有誰在這裡欺負我們，或是遇到什麼問題，都可以去找他們呦！」

座敷童子說到這，臉上也露出以往的燦爛笑容，她拉住扉空的手，「他們是很溫柔、很溫柔的人，如果扉空哥哥遇到他們的話，一定也會很喜歡的。」

扉空輕輕的低下頭，「……也許吧。」

對座敷來說，那兩個人或許就像是碧琳對他的存在那樣，如同陽光一樣。至於她說的很溫柔、很溫柔的人，如果他有機會能見上一面，也許不壞。

被自己突然冒出的想法嚇了一跳，隨後扉空淺淺的笑了，他伸出雙手，大手拉小手。

「走吧，跟不上那頭獅子，等等他又要囉嗦了。」

「好!」

▲▲▲◎▼▼▼

好在接下來的路程沒有多餘的東西來阻礙。

其實只要不踏進怪物的攻擊範圍,那些怪物倒不會主動來攻擊,除非是無限定範圍、見人就殺的怪物,不然這款遊戲還挺和平的……才怪!

不管有沒有怪物來攻擊,這款遊戲的設定還是非常的神經質,走沒幾步就會踩到大坑洞陷阱,每個人少說都摔了一次!不只如此,還有箭雨會突然從天而降、碎石飛彈射來,這什麼跟什麼啊這鬼地方!

「撐著點扉空,別失了理智,雖然我也快被搞瘋了……」伽米加看著眼發紅沒好臉色、三不五時又扯扯頭髮發出詭異低喊的扉空,他安慰道。

扉空沒好氣的扒了下髮。他好想撞樹啊……

「啊……什麼時候才會到高原頂?」

「快了快了，只要到那邊就是了！」座敷童子指著透著白光的樹林口，為大家加油打氣。

枕木童子喘了幾口氣，他拍掉剛剛在陷阱中沾到的毛絮，抱怨：「最好不要連終點都設陷阱，不然我會灌爆GM的信箱。」

「放心吧，我也會一起幫忙的。」伽米加拗了拗手指。

「灌到他系統當機！」

「讓他連上線都不敢！」

一大一小互看著，雙眼瞇成彎月狀「咯咯咯」的笑了，聽得扉空直接毛起來。

如果他跟別人說這兩人是父子，大概九成以上的人都信吧……還有這伽米加，沒事教壞什麼小孩！

扉空皺眉看著這一鼻孔出氣的一大一小，他搖搖頭，繼續邁步。

地勢雖然起伏不大，但因為是朝高處走，所以爬坡的疲累還是反映在他的身體上。剛剛他只專注在陷阱上，沒去察覺身體的狀況，現在快到高原頂了，一路也沒什麼阻礙的東西出現，他卻明顯感覺到累了。

「扉空哥哥你要喝點運動飲料嗎？」座敷童子舉起手上印著大大的「爽跑」字樣的保特瓶，

走在他身旁問。

扉空頓了一下，接過飲料，「謝謝。」

座敷童子笑著揮揮手，「不客氣。」

接著，座敷童子轉身對著身後正邊走邊打著邪惡計畫的兩人，大聲喊問：「伽米加哥哥和杦木呢？要嗎？運動飲料。」

兩人互看一眼，用力點頭，「要！」

座敷童子叫出兩罐飲料拋向後方，而伽米加和杦木童子伸手接住——接殺GET！

一大一小動作迅速的打開瓶蓋開始灌飲料，沒兩三下就快見底了。

「男生真粗魯。」座敷童子皺眉說完後注意到扉空的複雜視線，她趕緊搖手解釋：「當然扉空哥哥不算，扉空哥哥很漂亮又很有教養，就算喝飲料也很有氣質……嗯，我應該叫杦木跟你好好學學才是……啊！」

話才到一半，座敷童子突然興奮大叫。

扉空抬起頭，只見幾片櫻花花瓣從前方的樹林路口飄來。

座敷童子快跑上前，對著其他人招手，「終於到了！快點快點！」

她轉身，跑進光裡。這讓扉空的腳步不自覺的快上了些。

白色的光線閃亮耀眼，有些刺眼，有些溫暖。當扉空走出樹林口時，映入眼簾的美景讓他忍不住驚呼。

藍天之下是廣大的草原，嫩芽綠草長至腳踝，微風徐徐吹來讓草一晃一晃的像是長毛絨毯；白色雲朵疊疊的堆上，看似蛋糕的千層奶油，有些厚重，有些鬆軟。

綠草上有許多的小花，黃的、紅的顏色多樣。這裡幾乎把繽紛的色彩用盡，卻也不失各個重點，很分明，卻也融洽；扉空不知道該怎麼去形容胸口的那股感動，只能說這是個很美……很美的世界。

在草原不遠處，有棵巨大的櫻花樹，櫻花樹大到幾乎快跟天空連在一起了。

扉空伸出手，多片花瓣順著風飄來，落在他的掌心上，絲綢般的觸感讓他縮起手指，將花瓣輕握著。

「如果可以，帶碧琳來這裡看看，她一定會很喜歡的。」扉空無比溫柔的輕聲低喃。

他邁步來到高原邊緣。平緩的下坡草地有條麥色大道，道路直接連接到遠處的平地，平地上有幾間零零散散的屋子聚集成的村落，這裡可以很清楚的看到所有的景色，還有遠處看似一頭羊的奇怪山形。

「那裡就是萌咩羊山吧，還真是淺顯易懂啊。」伽米加手扠腰挑眉。

「就是那邊，我的萌咩羊套裝！」座敷童子握著小拳，她向著伽米加先下單：「伽米加哥哥不可以跟我搶套裝喔。」

「啊？」伽米加趕緊撇清：「我對那種東西沒興趣啦！」

原來她還在以為伽米加是想要跟她搶套裝啊……扉空瞄了伽米加全身一眼，搖頭嘆息：「穿上去也不能看吧。」

「喂，我聽到了喔。」

「難道你想要我說，你跟那聽起來就軟綿綿的套裝是絕配嗎？」扉空白眼。

座敷童子再度露出緊張的表情，「伽米加哥哥想跟我搶套裝嗎？」

伽米加一掌拍額，認真道：「請當我什麼都沒說。座敷，我保證我對那套裝一點興趣都沒有，妳放心好了。」

「好了啦，別再討論套裝了。只要過了這地方到那座山，就是山賊的營地了。」

到了山賊的營地，簡單來說他們就是要面對一堆山賊，殺完山賊殺頭領，解完任務換賞金。

之前沒感覺，現在與敵營越近，緊張感卻開始冒了出來。

「嘛……看這距離，少說也要走個三、四天，我們慢慢想個戰術吧？如果想不出來……打就對了，打不贏就逃吧！反正遊戲又沒規定接了任務就一定要打完。」伽米加聳肩，先說出自己的建議。

「可是我想要那個套裝……」座敷童子眼裡淚光閃閃。

「我想要帥氣稱號。」杸木童子失望的垂下肩。

「我要二十萬。」扉空……依然一號表情冷淡的說。

伽米加白了眼，「行了、行了！你們打不贏，不管打幾次我都陪你們，就算我死了拿我的屍體當炮彈扔過去砸毀他們的營地我都不吭一聲。」

「Yeah！我就知道伽米加哥哥最好了！」座敷童子歡呼著轉圈，她抱了伽米加一下，轉身跑下麥色大道。

「米哥，我越來越尊敬你了。」杸木童子激動的對他豎起雙手大拇指，轉身跳著跟上座敷童子的腳步。

扉空往前走了幾步，然後腳步停下，他側身看了伽米加一眼，扔下一句「算你識相」的話後，才又繼續朝著下坡處走去。

伽米加無語問天，他煩躁的扒了下頭髮。

「兩個小孩都稱讚，怎麼就你扔狠語……誇獎一下是會死喔？」悶悶的說完，伽米加喊了聲：「慢點！」

伽米加趕緊跑著跟上三人。

粉色櫻花隨風飄散，在四人離開後沒多久，大樹後方走出了一道人影。

那是一名穿著紅色勁裝的女子，女子揹著一把狙擊槍，右腿側也綁著一把短槍，在她腰間則是一個皮革小包。右耳的小型無線通訊器讓女子冷豔的臉龐增添幾分酷意，如火般的馬尾隨著山風猖狂飄揚。

然後，女子紅豔的唇角上揚，碧色雙眸眺望那遠方的山景。

「終於找到了……」

▶▶Loading...

第五伺服器

戰前之夜，兔子搖籃曲。

看起來不遠的路，走起來卻是挺長的。

路途中扉空經過那些聚落村莊時，他還看見幾個頭上有著驚嘆號，重複著砍柴、翻土或是來回踱步的村民。

其實他滿想去接接看那些村民的任務，如果解任務的地點只是周圍，小錢賺一賺也會積成大錢，倒也不用特地衝到山賊營區去打頭頭。但是眼見路途都快到終點了，現在要他喊卡卻有些不甘，所以扉空最後選擇依依不捨的看著村民，步步離去。

座敷童子和杴木童子一路上依然是手拉手，唱歌伴奏，讓路途不至於枯燥乏味。

伽米加則是樂於欣賞扉空在離開每座村莊時那哀怨的樣貌，所以他一直都跟在最後方。

做壞事當然不能被抓包，雖然伽米加壓根不覺得把扉空的任何行為、動作當樂趣欣賞是什麼壞事，但偏偏扉空就是連被瞥一眼都能跳腳的個性，到時冰塊又朝他扔來……嘖，不死也半殘！

因此，一路上只要稍稍有被發現的跡象時，伽米加就趕緊轉頭裝作看風景邊吹口哨，幸好扉空一心都在不甘那些小任務，加上處於賊營近了的緊張感，沒特地去針對伽米加。

一路上，四人倒是挺和諧的。

經過三天兩夜的行走，一行人從高原連接的道路到達了萌咩羊山的入口，此時天色昏暗，所以四人就找了邊角的空地打了鋪。

一樣的，伽米加再度擔下生火、找食物的重任。

雖然座敷童子和枕木童子有很多戰備糧食，方便是方便，不過常吃就會覺得有些乏味，而已經吃了好幾餐商店存糧的一行人，決定今晚要吃些野味。

反正有伽米加在，根本簡單簡單，但也因為扉空實在受夠他每次都抓鳥回來烤鳥仔巴，所以在伽米加行動前就先下指令——

「鳥和畸形怪狀的東西一律統統不准抓，要抓就抓些正常點的。」

傲嬌美人都下令了，伽米加跟天借膽也不敢違背。好在這次他真的聽話，抓回來的東西讓扉空紛紛點頭。

九條肉魚、幾隻小章魚、一串香蕉、幾顆李子、水梨和……一隻暈死的兔子？

扉空瞬間的笑臉變成皺眉，他立刻抓著兔耳朵將兔子提起，走到樹叢前將兔子放回樹林範圍後再回來。

「終於有正常的食物了，撇除那隻兔子……座敷和枕木的食物也很正常。」扉空嘆息完，發現自己的話說得有些太籠統，所以他趕緊補上後句。

「謝謝誇獎。」座敷童子甜甜的笑了。

「如果扉空哥想吃冰淇淋，我這裡還有很多呦！」杸木童子驕傲的展示自己的裝備欄。

比起兩個心情愉悅的孩子，伽米加卻是頗不滿。

「說這什麼話！而且那隻兔子我抓最久耶，你居然就這樣把牠放了。」虧他追了百公尺才抓到，結果現在卻被扉空扔去放生，害他做白工。

扉空在距離火堆約一公尺的地方坐了下來，啐了聲：「居然連兔子都抓，真是個沒良心的傢伙。」

「喂喂喂……」

「當你看見那淚汪汪求著你放過牠的雙眼時，居然還下得了手？」扉空認真道：「看得出來你根本不愛護小動物。」

「我愛護個……」差點把不雅的字逼出來，伽米加一掌拍腿，「我可是百獸之王，在我底下的生物全都是食物。」

「你入戲太深了，那只不過是個程式寫出來的皮囊。」

冷冷一桶水從伽米加的頭頂狠狠灌下，讓他從頭冷到腳心。他雙手在半空中抓呀抓的，哭喪道：「拜託，你一開始也是覺得這世界挺好玩的，不要才剛玩沒多久就用老油條的語氣來打破我闖盪世界的奔騰雄心！」

「嗯……不知道魚熟了沒？」

「認真聽人家說話行不行啊！」

扉空根本連瞧伽米加一眼都沒有，自個兒抓了根長樹枝戳了戳魚面，而他這樣的舉動也讓座敷童子和柀木童子自告奮勇的開始認真顧著烤食材。

——我一定要烤一隻最好吃的魚送給扉空哥（哥）！

兩個小孩心裡同時響起這句話，看得出來他們的雄心鬥志燒得旺。

小孩負責烤食，扉空也將視線放回一臉無奈的獸人身上，下一秒他吐出的話語差點沒讓伽米加吐血。

「吃飽沒事幹啊，幹嘛一直找我吵？」

——哇哩勒……明明就是你先找碴的……

伽米加翻了個白眼，扭扭頭，動動腳，最後直接一屁股坐下，像是生悶氣似的悶了。

扉空倒也不搭理他，自顧自的開始摸索起系統介面來。

瞬間，氣氛安靜許多，只剩下雙胞胎的交談與柴火劈啪響的聲音。

伽米加雖然是悶著沒錯，但卻悶得很不上道。他一下子摸摸頭，一下子扭扭腰，動得像條蟲的樣子讓扉空不想注意也難。

最後扉空終於放棄寧靜，他揉了揉眉心，低音道：「你別再動了行不行？」

「喔齁齁！你先開口，所以是你輸了！」伽米加指著扉空，興奮的大喊。

——輸個屁！這傢伙有病啊，以為在玩誰先開口誰就輸的遊戲嗎！？

對於自己終於爆粗口，扉空並沒有多大的意外，反而嫌粗口爆太晚。

扉空揉揉眉，決定不與伽米加多計較，只是嘆了一口超長的氣，直到伽米加再次喊了他的名字，扉空不耐的轉過頭，一隻插了根竹籤的魚隔空飛來。

扉空伸手接下。

「我已經幫你吹涼了。」伽米加笑道。

隨後他盤腿坐在火堆旁，拿起其他的肉魚分給兩個小孩，三人開始啃魚，邊吃邊聊。

——不管我提出多麼無理的要求，這傢伙總是一一接下，順手的像是自己的責任一樣……真是個蠢蛋！

咬了口魚肉，扉空陷入沉思。

「好了，吃飽喝足後也要來開作戰會議了，有什麼好的作戰方式都給俺提出來唄！」

「枕木你別搶我的枕頭啦！」

「妳才是，把我的被子還來！」

「小心我拆了你的櫻花！」

「不怕妳的白白被斷頭妳就給我試試看！」

——到底啊……

伽米加看著眼前的亂象，無奈的放了個求救的眼神給扉空，卻沒想到扉空連看他一眼都沒有，直接抓著被毯包裹著自己，扔出無情無義的話：「我累了，先睡了。」

「喂喂喂，你們總得有個人理我吧！」忍無可忍的伽米加終於爆發了。

兩個小孩瞬間停下爭吵，他們瞪著大眼盯著他。

扉空眼睛瞇開一條縫，明顯準備要扔冰的模樣。

伽米加吞吞口水，訕笑說：「我、我說好歹明天都要進山打山賊了，總是需要作戰策略或是做其他準備的，這樣心裡比較踏實嘛，大家說是不是？」

座敷童子和杦木童子互看一眼，他們同時揮手安慰道：「伽米加哥哥（米哥）你別擔心，想太多反而不好喔，反正有怪就打，到最後一定可以打到怪獸王面前的嘛～」

如果有這麼簡單，那他之前在遊戲裡吃虧都是吃假的。伽米加在心裡淚目了。

「有時間想有的沒的，不如快睡。」

好冷啊……他覺得他的心冷到破了一個大洞。

「到底是誰要解任務啊……好心被狗咬……」

「你在那邊碎碎唸個什麼勁？」扉空這次完全睜開了眼，被毯一甩披在肩側，他手指在膝蓋上敲了敲，冷聲反問：「再吵？」

比起直端端的威脅，這聲冷冷的反問反而更讓人寒慄。

扉空散發的氣勢讓伽米加嚇到瞬間閉嘴，轉眼間，伽米加變成一副受虐的媳婦樣。

扉空恐嚇完伽米加後，望向雙胞胎。他原本想裝作不管事，但最後還是沒能忍住。他總不能放這兩個一直吵到天亮吧？

嘆口氣，扉空來到雙胞胎身後。

座敷童子拿著一個小型的舊式收音機拍啊拍的，把鈕又轉了轉，但收音機卻只發出斷斷續續的音樂，本該是優美的聲音因為摻上了雜音而變得有些詭譎。

枒木童子則是勸著「壞掉就算了」之類的話語。

——結果吵完枕頭換收音機了是嗎？

其實扉空一直都很注意周遭的事情，一草一木都沒漏聽，就連睡覺也都很淺眠，一點雜音就會無法入睡，所以剛剛雙胞胎在吵枕頭的事情他全聽得一清二楚。

扉空把長型的枕頭擺放好，拍拍兩人的後背說：「快點躺好，睡覺。」

「但是沒有《兔子舞曲》睡不著……」

「《兔子舞曲》？」扉空皺眉。

「誒，扉空哥，這可不干我的事，我已經是不需要那種幼稚樂曲才能入睡的大人了。不過座敷到現在還是要聽著那首歌才能睡著。」

——《兔子舞曲》嗎？

——那是哪一首詭異歌曲？

枒木童子看見扉空臉上的怪異表情，他只好哼了段輕柔的小調，唱個幾句：「兔子，跳啊跳

（ㄉㄨㄞ、ㄉㄨㄞ），兔子跑啊跑（咻咻），可愛的兔子愛吃蘿蔔，小孩子快快睡覺……」

男孩唱歌時，雙手的食指和中指還在頭頂上彎啊彎的比著。

「我噴！這什麼詭異歌曲啊——」伽米加抱著肚子笑到在地上打滾。居然還加「ㄉㄨㄞ、ㄉㄨㄞ」的音效，杈木這孩子真是個寶啊！

「伽米加哥哥你好過分，這是很好聽的搖籃曲耶！在『家』裡面超紅的呦，每天院長都會放給我們聽。」座敷童子出聲反駁。

「……我說……這是《兔兔跳》吧？」扉空眨眨眼，他說出了疑惑。

只是這話一出，在場三人瞬間錯愕。

「扉空你知道這首歌？這首詭異的兒童樂曲你知道！？」伽米加一臉驚恐得像是見到鬼。

「咦咦！？《兔兔跳》？不是《兔子舞曲》嗎？院長跟我們說是《兔子舞曲》耶！」座敷童子很是激動。

杈木童子則是用複雜的神情看著眼前這位自己還算挺崇拜的大哥哥。

被三道不同的目光注視，扉空低咳一聲，「可能……不一樣的地方翻譯有差吧，不管是《兔兔跳》還是《兔子舞曲》都好，反正是同一首歌。」

「那扉空哥哥會唱嗎？」

數顆星星從座敷童子那水汪汪的眼眸噴來，有一下沒一下的撞著扉空的眼。沒辦法之下，扉空只好尷尬的回答：「以前……還滿常唱給碧琳聽的……」

「碧琳？」

「咳！沒什麼，快點躺好，把收音機收起來，回城裡之後再拿去修。」

「那歌……」

扉空看著伽米加吃驚又帶著分明是看戲的眼神、座敷童子期待的眼神和杦木童子直直盯來的眼神，他最後也只能硬著頭皮沉痛的說：「我唱。」

「喔耶！」座敷童子歡呼一聲，她趕緊把身旁的杦木童子壓在枕頭上躺好，然後自己也拉著被毯躺下，雙眼一閉，乖得像隻貓。

扉空翻了個眼，看到伽米加笑得賊賊的樣子，他粗聲道：「滾！」

「滾？我要滾去哪？哈哈哈，別介意、別介意，當我不存在……噗哧！」

他真的超想痛扁他的！

正當扉空在腦海中準備施行酷刑時，座敷童子催促的聲音傳來。

座敷童子閉著眼，她說：「扉空哥哥，沒《兔子舞曲》我沒辦法睡著……」

「其實扉空哥你真的可以不用理她沒關係。」杦木童子提出善解人意的勸說。

他怎麼個不理她法？

他如果不唱歌，不就得看著這孩子在那搞收音機弄整晚、吵整晚？怎麼想都於心不忍啊……

尤其時那雙眼水汪汪、眼巴巴的望著他時……

「是《兔兔跳》……還有，我不加音效聲。」扉空沉痛的回答完，瞪了憋笑的伽米加一眼，隨後將視線放在閉著眼的雙胞胎身上，他嘆口氣，開口輕唱——

「兔子，跳啊跳。」

「兔子，跑啊跑。」

「可愛的兔子愛吃蘿蔔，小孩子快快睡覺，才能當個健康好寶寶。」

扉空輕柔的歌聲很好聽，彷彿不屬於人間的樂音。

伽米加抬眼注視著扉空的側臉，眼裡閃過一絲訝異。

不知道伽米加是因為歌聲而驚訝，還是有其他原因。

「紅色的眼睛看花草，白色的毛髮軟又漂亮，溫溫熱熱，就像媽咪的懷抱。」

「一夜一日夕星過，孩子一吋一步長得好。」

「健——康——好寶寶，快隨著兔子的腳步入夢跑……」

隨著哼唱，扉空的眼神也越發溫柔，如同那孩提時的他，每夜靠著碧琳入睡時都會笑著唱給她聽，因為那是母親最喜歡唱給他們聽的歌。

那個溫柔的人，總是這麼說著——

「兔子很可愛，碧琳和科斯特更可愛，是媽媽最喜歡的寶貝。」

寶貝……

現在能守護那個人的寶貝的，只有他了。

扉空垂著的眼簾變得模糊，鼻子也有些酸，他覺得自己很奇怪，但還是沒停下歌聲。陪伴著入睡的雙胞胎，他輕輕的唱著。

▲▲▲◎▼▼▼

「好，那麼都準備好了嗎？」伽米加肅然而立，摩拳擦掌。

「沒問題！」

「早就準備好了！」

雙胞胎嘿呦一聲單腳跳起互相擊掌，接著將各自的小手放在伽米加遞出的獸掌之上。

「扉空快一點，就差你一個了！」

聽見伽米加的催促，站在後方的扉空皺眉上前，他看著交疊的手掌，問：「這要幹嘛？」

「戰前的宣示啊！夥伴的精神打氣！」

看得出來杦木童子對於這樣的形式活動很感興趣，因為他現在整個人超興奮的。

「扉空哥哥快點把手放上來。」

座敷童子看不見扉空有所動作，她乾脆用另一隻空著的手直接拉過扉空的手覆在最上頭。

扉空本想揮開，但是看見座敷童子的笑臉後卻怎樣也沒法狠心，最後他只能悶著臉任由對方去了。

看著扉空，伽米加失笑，隨後他高喊：「好，全員到齊，從現在開始我們即將執行任務，攻入山賊營區，剷奸除惡，維護世界和平！」

「喔——」

「劊什麼奸，維護什麼世界和平啊……」

可惜，扉空的小小碎唸直接被忽略。

「那麼，就讓我們歡呼吧！賭上性命與尊嚴，一把除掉山賊，加油！Fight！Fight！Fight！Go——」

三隻手往下壓了壓，隨後歡呼散開。

扉空看著自己還留在原位的手，再看看興致高昂朝著萌咩羊山入口前進的一獸人、兩孩子，他一臉嘴抽莫名。

「喔……Fight……」扉空隨便的晃下手，扒著髮，跟上了三人的腳步。

他總覺得越跟他們待在一塊兒，智商就越低了。

原本在外面看沒感覺到什麼，結果一進山裡扉空就覺得全身都沾上了一股黏答答的味道。

在他的四周有草有樹沒有錯，不過卻不是普通的草木。山外看是翠綠，但越朝山林深處走去，山裡的色彩開始漸行繽紛。

柔軟的草叢白如雪，上頭灑著許多的七彩豆，遠看可能會以為是裝飾品，但只要走近就會聞到有股過甜的味道——很明顯的，這草叢根本就是標準的棉花糖！

兩邊的樹木也不遑多讓的從真樹變成餅乾樹，扉空剛剛還看見雙胞胎跑過去摘了塊樹皮來吃。而地上的草越踩越黏膩，讓他有種想直接跳入水中去洗淨全身的衝動。

他真心認為，這裡根本就是糖果森林！

伽米加邊走邊逛，還摘了片樹葉放進嘴裡，然後又瞬間吐出。他吐著舌頭，一臉不愛，「這群山賊還真會找據點，根本不用搶什麼，周圍都是吃的。」

——是啊，樹木都是甜點，哪還需要去外頭搶東西？

——在這裡吃好又住好……

「不過也要有過人的嗜甜味覺才行，還要小心蛀牙。」伽米加拍掉手上的甜粉，接著摘了旁邊的小花遞給扉空，問：「要試試看嗎？」

「不用了，你自己吃吧。」扉空把花推回伽米加面前，他嫌惡的看著腳底每踩一步就覺得發軟的草地，「我只想趕快離開這塊地。」

他真想直接拿桶水把這裡的甜一次沖乾淨。

這裡整體看起來美是美，但是過甜的空氣只會讓他覺得噁心。

「是你自己說要拿到任務酬勞二十萬的，當然，如果你要現在放棄，我也 OK。」伽米加攤開手，一副不在乎的樣子，但嘴上又掛著欠扁的笑，他心裡打著什麼主意只有他自己清楚。

扉空當然不可能真的被一句話就慫恿放棄，他下定決心的事情是絕對不可能改變的。

「這二十萬我是一定要拿到。」

「嘖！真可惜……」

扉空手指併攏作勢推了推，示意伽米加如果覺得麻煩可以現在回山下去等，之後他便快步跟上前方孩子們的腳步。當然，他知道憑伽米加的個性是絕對不可能會回山下等他們，伽米加一定會整路跟緊緊。

越走越久，扉空心裡也開始察覺有些不對勁。

照理來說，這裡是山賊的地盤吧？可他們都快走到半山腰了，怎麼一個人都沒瞧見？難不成山賊都窩在山頂不下山嗎？

種種疑惑在扉空的腦海打轉，正當他皺著一張臉轉頭準備詢問跟在後方的獅子獸人時……

「咦？人呢……」

本該跟在扉空身後的伽米加不見人影，空蕩蕩的只能瞧見自己的影子。

——那白痴又亂跑到什麼地方去了!?

「扉空哥哥怎麼了?」

「……米哥呢?」

前方的座敷童子與枚木童子同時發出疑問。

「我剛剛回頭看就沒瞧見人了。」

扉空的心情瞬間盪了一個弧度——超惡劣。

為什麼連他想好好解個任務,這頭獅子還是能添亂?

扉空不知道該不該回頭去找人,突然,像是蒼蠅般打轉的他聽見一聲獸吼。

不用說,這聲吼他很熟悉。

「拜託不要隨便跟隊伍走散浪費我的……」

扉空看著從坡道遠端跑來的一臉驚恐的獸人,他本想抱怨,但是在瞧見那追在伽米加身後、足足有兩公尺高還滾滾而上的巨大岩石,他話語瞬止。

下一秒,扉空立刻轉身拔腿往坡上衝。

兩個小孩當然也不用提醒,他們一看到那顆滾來的大石頭馬上就拔腿跑了。

《創世記典》裡有著很多不符合現實的情況發生，而這些情況都會讓扉空很想扁人，包括現在追著他們滾來的大岩石。

誰能來告訴他為什麼石頭會爬坡啊啊啊啊啊！

——這根本完全違背了牛頓的地心引力！

扉空心裡邊吐槽邊罵，但他的腳可不能停，要是停下來，後果不堪設想，所以扉空只好再度將滿腹怨氣發洩在追來到身旁的伽米加身上。

「你沒事幹什麼又去招惹這東西，故意的是不是！」

「上帝明鑑，要不是你突然走快，我哪需要為了追你而被網子陷阱抓起來？結果你們一個都沒發現還越走越遠！我一個人要掙脫又不是那麼容易，摔下來的時候去撞到旁邊的樹根機關而滾來這顆石頭也不是我願意的啊！」伽米加激動表示，如果從一開始扉空就發現他被網住，把他救下來，不就什麼事情都沒有了。

「你下次再給我衰衰看！」扉空揪著伽米加的衣領，黑著一張臉。

如果可以的話，他會現在就直接掐死他！

「別、別……石頭過來了！」伽米加慘叫一聲，他反抓住扉空逞凶的手，拉了就跑。

「轟隆隆隆隆——」

地板因為滾石而劇烈震動。

扉空只能拚命往前衝，原本跑在他前方的雙胞胎已經不知道跑哪去了，白光順著盡頭越來越擴大，最後一個撲通，扉空直接趴倒在草坪上。

扉空還沒回過神，旁邊同樣傳來一聲重物撞地的悶響，還沒看清楚身旁的物體，手臂突然傳來一陣拉力——伽米加抓著扉空一起滾到旁邊去。

巨岩衝出盡頭優美的飛上天，緩慢的、輕巧的，有如正在跳著《天鵝湖》的芭蕾舞者……

「碰！」的一聲，地面瞬間一個巨晃。

連扉空都可以感覺到自己的身體離地不知道幾公分，然後是他摔回地上，下巴磕中某種硬物的痛楚。

——悲劇……

「轟隆隆隆隆——」

岩石在地面造成一個巨型窟窿後又繼續踏上旅程，朝著前方的森林口滾去，還順勢壓壞一路短草。

空間回歸寧靜，彷彿一切都不存在，什麼都沒發生……如果他們沒看見那可怕的壓痕的話。

「痛死了……快滾開啦！壓著我做什麼！」扉空撞開壓在自己後背的手，狼狽的爬起來，邊叫罵。

「要不是我抓著你滾到一邊，你早被石頭壓成爛泥了！」伽米加揉著剛剛撞到的肚皮，哀怨好心沒好報。

「要不是你衰運連環炮，我需要跑？更別說差點被石頭壓扁！」

「我的錯嗎？所以這是我的錯囉！？」

扉空冷冷的上下瞧著伽米加，用力點頭，「就是你的錯。」

伽米加好傷心，他憋紅著一張臉，「我、我覺得我的心破了好大一個洞，不管啦！你要負責！你要負責！」

正當扉空準備再度回嘴時，旁邊終於傳來了止戰的勸說。

「呃……伽米加哥哥、扉空哥哥，我覺得這時候就別吵了，畢竟現在的情況……有點不妙……」

座敷童子吞吞吐吐的話語讓一人一獸人瞬靜，也在同時，他們總算發現到了自己目前所處的情勢。

這裡算是個空曠的山腰坡地，綠草綿延，沒有剛剛山腰的誇張甜膩，兩旁有樹，不遠處還可以看見高上一層的山勢有個極為誇張的華麗建築，附近的岩壁還有好幾個山洞。不過，他們驚訝的不是這風景，而是……

「誰能告訴我，我們現在在哪裡？」扉空轉頭詢問。

伽米加扯出一抹乾笑，「我想這不用想了吧，一看就知道，山賊營地。」

在他們周圍正圍著數十名穿著虎皮裝、綁著髻、拿著長槍的男子，而早先一步到達的座敷童子和杕木童子則是有些緊張的盯著四周的敵人。

結果他們被石頭一追就瞬間跑進山賊真正的地盤裡了，不是籠統，而是真正的，山賊生活的地盤。

這下子他們完全沒心理準備就要開戰了。

「現在怎麼辦？」

扉空摸了摸手上的鐲環，雖然他表面鎮定，但心裡卻是不安。

之前他研究過，大絕招「冰鏡花」需要超長冷卻時間，而吟遊詩人及冰精族原本附屬的小招式冷卻時間雖然只有幾秒，但是卻沒有像座敷童子的「歌牌百符」來得強大。

基本上，他目前擁有的招式都是輔助型居多，殺敵的招式只有兩、三個。除了平常拿來當教訓工具扔伽米加、殺傷力不太大的冰塊雪球，其他的招式因為沒使用過，他也不知道到底威力能到達什麼程度。

「只能來一人殺一人，來二人殺一雙了吧。放心，我當初說了有怪我擋，反正你是吟遊詩人，有藉口可以躲在後面。」伽米加雖然話裡帶笑，但表情卻是極度嚴肅。

「這句話真讓人不爽。」

扉空知道伽米加的言下之意就是要他能免受傷就免，與其大局為重，不如顧好自己。不過就因為他總是這樣，才會讓人不爽。

「說了很多次，別把我當成女人了。」

扉空手掌一攤，他空蕩的雙手瞬間被銀白色的手套覆蓋，手背上的冰冷穗紋浮現在手心套面，散出微微的金光。

他的自尊心不容許讓別人小瞧了，就算力量微弱，他也要參戰。

「我可沒有你想像中的沒用。」

扉空的金色豎瞳閃過狠意，在伽米加反應不及的同時，扉空率先衝出。

伽米加回過神，寒風颳過他耳際，他看著從四周開始朝著少年雙手聚集而來、如同冰焰般的螢光，冰晶長物凝空現影。

伽米加笑了。

「真意外，原來偷偷去特製的武器就是那個啊！」

看見扉空衝出，座敷童子和枕木童子也拋棄了猶豫，趕緊叫出自己的武器。

「雙生器，鳳鳴槍！」

隨著高喊，紅光乍現，一把鐵面刻著鳳紋的紅身長槍出現在座敷童子的右手。

「雙生器，凰冥刀！」

綠光現影，一把有著翠綠棍身的偃月長刀出現在枕木童子的左手，刀面刻著的是與鳳鳴槍相映的凰紋。

伽米加吹了聲口哨，笑瞇眼道：「現在的小孩也不能小看了……」他深吸口氣，雙拳相靠，高喊：「我們上！」

四人的腳步同時踏出，脆鈴響徹山坡，四道光影衝入人群中，拉開序幕的戰音震撼天地。

▶▶Loading...

第六伺服器

不能倒下！還有要保護的人……

兵器碰撞，戰聲哮嗷撼天。扉空一個迴旋，步伐捲起草屑，飄散著冰火的銀藍鍵盤瞬間重擊前方一排人的腦袋。

順著清脆的節奏聲響滑去，只見一排山賊像骨牌般傾倒，各各捧著腦袋在地上打滾，還有幾顆小白牙血淋淋的躺在翠綠的草皮上，看起來不免讓人湧起一股椎心之痛。不過當然，會感覺到心痛的也只有山賊弟兄們，伽米加、座敷童子和杦木童子可是半點時間都不敢浪費。

雖然扉空的武器以及使用方法讓所有人全然錯愕，但無可否認的，他在山賊眼裡是個不能輕看的敵人。

另一邊也是僵持之戰，被包圍的伽米加緊緊盯著四周拿著長矛的山賊，然後他緊咬的牙關一鬆，發出幾乎震破耳膜的強烈獸吼，趁著眾人閃神之際迅速發動攻擊，他四腳並用衝上前就是猛然一爪！

被爪子劃破的空氣燃起螢光，與從山賊胸口濺灑出的血融合在一塊兒。

伽米加毫無遲疑的交互揮動爪子廝殺。

「呀啊啊——」一名山賊吶喊著衝入前線，但他的刀還未揮出，迎面而來的就是一擊強勁的側拳。

伽米加一拳將舉刀殺來的山賊打歪臉，接著後退一步，爪子跟著抓上另一名山賊的心窩，然後他蹬地跳起，瞬間一記迴旋踢腿將錯愕的一排人踹飛出去。

伽米加一爪一腳一拳完全沒有偏移，俐落的放倒一個個開始產生膽怯之心的敵人。

伽米加再次的宣示吼聲讓周圍的山賊紛紛震撼，不進反退。

「大家小心點，這些入侵者很強！」

山賊們互相提醒警戒著，在觀察一陣後，他們決定先從兩個小孩那邊下手。

山賊們緊握長矛高呼著奔向另一邊的兩名孩童，卻沒想到此決定大概是他們做過最不精明的打算了。

「座敷，雖然萱媽媽說過打架不好，不過這種時候是在例外吧。」杦木童子舉著凰冥刀直指前方敵賊，他眼裡是從未展露的傲意。

「都已經衝進別人地盤了，問這話會不會太慢了?況且……」座敷童子緊握鳳鳴槍，右腳往後一退，架起了一個起手式。

「那個套裝是一定要拿到的，阻礙的人都得消滅，至於打架這件事情嘛……」座敷童子嘴角揚起一抹不同於平常的冷笑，她右手食指置於脣前，道：「說好了不准在萱媽媽面前提起，這、是、秘、密、吶……」

「沒錯，是秘密。」

語畢，枕木童子用左手高舉凰冥刀，然後奮力射出。

凰冥刀筆直的朝著前方鼓譟著的人群飛去，尖銳的刀口閃耀銀光。

眼見凶器飛來，山賊們紛紛嚇得往兩邊跳閃，但最終還是有人閃不過而被刀口貫穿胸膛，連刀帶人直插在地。

在那名山賊帶著驚恐表情化為粒子消失的那一剎那，枕木童子矮小的身影也瞬間竄進人群，踏著迅速的步伐穿梭在眾人間，他俐落的踩著兩人的膝蓋及後背輕巧的蹬上半空，翻了個圈踩落在柄尾。他身子一低，雙手抓上柄身，在腳步蹬離柄尾的同時，藉此使力在半空中旋身扭轉，插在地面的刀口隨著他的旋身施力破土而出，空氣被劃破傳出「嗡嗡」聲響。

銀光一閃！

圍在一旁的山賊都還沒有看清楚眼前的景象，瞬間喉頭一緊，下一秒的視景竟是一具直挺挺的無頭軀體。

「咚！」

山賊人頭落地，從傷口濺出的鮮血灑落草皮。

男孩攻擊的速度之快，讓人措手不及。

當其他人對枺木童子的速攻感到錯愕時，另一道嬌小的身影也奔入戰場。座敷童子絲毫沒有因為本身的體型而受到任何阻礙，隨著槍頭的揮過，紅色螢光閃耀路徑，眨眼之間，周圍的山賊已倒了一半，散落在四周的是被截斷的腳肢。

赤紅的血珠順著槍身邊緣滑至槍頭聚集，滴落在草皮上。

周圍一片凌亂狼狽，但兩名孩童身上的袍服卻未染一絲血漬，他們從容的像是個局外人，又像是早已習慣斬殺的鬼神。

「吶，我說你們，快點認輸對你們比較好喲。」座敷童子笑了，笑得浪漫天真。

但這樣的表情看在山賊眼裡卻是毛骨悚然。

山賊們握緊手中的武器互看著，猶豫著該不該上前。突然，右方傳來了一聲低啞的吼聲，瞬間山賊們眼裡的驚恐轉為大喜。他們轉眼望去，只見一頭身高三公尺的野獸被幾名山賊拉著牽了過來。

野獸像一頭巨型的老虎，尾巴是三條寬扁的毯尾，但尾端卻帶著銀頭的尖甲，身上是白毛彩斑，牠的前腳與左臉都被鋼殼包覆，雙眼如同暗色的玻璃。

分開交戰的四人也發現了不對勁。

伽米加看著那頭被牽出來的野獸啞然無言，而座敷童子則是直接發出她心中的疑問，掩嘴驚呼：「那是什麼？」

「居然還藏著那種東西！？」枒木童子眼裡有著訝異，也在這一瞬間他的動作轉為遲鈍，山賊揮來矛槍，來不及閃躲的枒木童子胸前被擦出一道血口。

「枒木！」座敷童子慌張一喊。

扉空聽見座敷童子的喊聲，他轉頭一望。

也在同時，山賊們拖拉著野獸項圈的手鬆放，鐵鍊從掌心掙脫甩上天際，打飛了四周圍繞的幾名山賊，隨即野獸朝著離自己最近的扉空奔跑而去。

「扉空哥哥！？」

座敷童子慌張的喊了聲。她本想過去，但卻被其他山賊圍著阻礙，而且枒木童子的情況也讓她放不開，她小小的臉龐第一次爬上了焦躁。

野獸狂奔，最後牠停在扉空身後，前肢一抬——

陰影籠罩，扉空趕緊回頭，巨大的身影擋住他所有的視線，周身的光芒被壟斷、消失，耳邊是自己如鼓聲般大的心跳聲。

——糟！

心裡暗叫一聲，扉空腳步趕緊往後一跳。

「碰！」

揚起的風壓將扉空掃飛出去摔倒在地。沙煙飄起，獸掌在草地上擊出一個坑洞。

發覺自己打空了，野獸瞇起眼，人性的舉起爪子握了握，牠瞇眼盯著狼狽爬起、抱著鍵盤的扉空。

不知道是不是自己的錯覺，扉空總覺得野獸好像笑了。

喉嚨一癢咳了聲，扉空抬起眼，此時他才發現在自己眼前的身影是多麼的巨大，手不自覺的握緊鍵盤。

——這種東西，小小的鍵盤應該打不跑吧……

即使扉空心裡明白雙方的差距有多大，但他知道自己絕不能就這樣退了，要是他退了，這隻野獸即便不追著他跑，也是會轉向攻擊其他人。

雖然他對於當救世主一點興趣都沒有，但是……

咬著牙，扉空的眼裡閃過堅決，他的腳步沒有退縮，反而舉起自己手上的鍵盤——即使他的手微微發抖。

逃跑不是他的Style！

「幸好還沒和碧琳見面。」

扉空苦笑著，卻鬆了一口氣。他從沒有一刻慶幸碧琳給的找人提示少是那麼值得開心的事情，不然現在就不會只有他，連碧琳也會一起被捲進來，還有可能會受傷。雖然他明白這只是個遊戲，但也因為過於真實而讓他不自覺的害怕碧琳會受到傷害。

扉空深吸口氣，他抬眼對上頂頭比自己大上十倍的嗜血銅鈴眼。

「來吧！」

獸爪高舉遮蔽天空，伴隨高吼猛地揮下！

就在黑影即將覆蓋之際，一道身影閃到扉空身前，比野獸小上幾倍的獸掌伸出，在扉空面前硬生生擋下那道爪擊。

本要揮出的鍵盤停滯半空，扉空看著那背影，眼露錯愕。

「伽、伽米加！？」

獸人居然衝來他這裡替他阻擋攻擊！？

因為山賊阻擋去路而煩躁不已的座敷童子恨恨的跺腳。

杴木童子揮刀斬殺了阻擋的兩名山賊後，跑到座敷童子面前低低的喊了句：「速戰速決。」

座敷童子一愣，用力點頭作為回應，隨即雙手耍槍旋繞；另一邊杴木童子也同樣將凰冥刀甩上空中旋繞，在凰冥刀落下的那一刻他抓住柄身。

兩人一踏腳，鳳鳴槍與凰冥刀瞬間互撞，兵器共鳴的尖銳聲響伴隨著強大的刀氣震盪空氣，紅與綠光芒交錯沖天，令人幾近耳聾的「嗡嗡」聲朝向周圍竄開。

山賊們被這樣的「氣」一震，還來不及反應就被震離地面，再一一落下與草皮來個親密接觸，摔個四腳朝天。

座敷童子和杴木童子就趁著這段空隙，趕緊奔往扉空以及伽米加的所在之地。

伽米加無法分心，只能咬牙專注在抵擋上方不停壓下來的重量上，他的手臂爆出了筋肉，雙腳因為力量的差距而開始微微後移，刮起沙土。

——王八蛋，這怪物也太偷吃步了吧！明明就是擊破山賊的任務居然還附贈大怪獸一隻，這怎麼打啊這個……

突然，手上的重量一輕，伽米加一愣，但在下一秒另一股力量卻再度朝他壓下。

「吼——」

野獸吼叫，前肢雙雙高舉，交互著不停往底下的人發動重擊。

野獸的攻擊一下比一下重，一下比一下狠，伽米加咬牙撐著。

但畢竟伽米加的力量還是有限，只見他膝蓋漸漸下彎，最後一重跪，他還沒反應過來，一掌毫無阻礙的瞬間揮來——獸人被打飛了出去，在地上摔滾了好幾圈。

野獸興奮了跳了一下，牠高吼著。

扉空嚇了一跳，趕緊跑到伽米加面前守著。

「走開……你打不過的……」伽米加壓著疼痛到幾乎麻木的側身，虛弱的吼著。

「閉嘴！我現在不想和你吵。」

扉空其實也很緊張，他更知道連伽米加都擋不住的怪物自己絕對是毫無勝算，可他不能跑。

雖然這頭獅子很欠扁，好幾次他都希望能夠揍他幾拳，但是現在這種情況，他不想自己一人跑走……

因為對方從來沒有扔下過他。

野獸晃著尾巴慢慢的朝他們步步逼近，扉空覺得一切變得有些緩慢，他輕輕喘著，覺得呼吸變得有些困難，然後他看見野獸的雙眼緊盯著他——獸爪高舉，而後重重揮下！

「碰嘩！」

鍵盤撞擊在獸爪之下，這次的材質堅固，並沒有像上次的新手武器一樣直接破碎，但扉空本身的力量並沒有多大，他能撐著其實已很勉強。

「扉空！」

伽米加低喊，得到的是扉空憤怒的回吼。

「吵死了！受傷的傢伙就給我安靜點！」

隨著怒吼，扉空一板子拍開爪子，但野獸也不是好對付的，隨即牠就回爪與鍵盤互擊。

不管是以前或是現在，其實他懂的……

他總是，被身後的人保護著，被一堆人保護著。

碧琳、石川或是這頭欠扁的獅子，不管是在現實或是遊戲裡，他總是……無能為力。他無法改變既定的事實，也無法保護他想保護的人。

但是……這次，就這一次，不管怎樣都得做到……

他不想一直被保護著，他想證明自己能夠扭轉，他能夠保護應該要保護的人！

扉空握著鍵盤的手用力到顫抖，天藍色的髮絲因為低頭垂落額前遮掩住表情，身體幾乎是用意志在撐著，他緊咬著牙關低聲吶喊：「撐下去啊！混帳——」

野獸見自己的攻擊被死死擋下，憤怒的舉起獸掌準備再次施行重擊。

一擊而下！

擋著！膝彎一呎。

再擊！

再擋！腳陷土三分。

扉空的手撐到麻木，但他還是不敢鬆懈放下。不管怎麼樣，他都要撐下去！

「快跑！你沒辦法擋下的，反正這只是遊戲，死了頂多回到重生點，這次的任務就到這為止！」伽米加朝著扉空喊著。

雖然他很不願，但這頭怪物真的太危險了。他受傷就算了，但是要他看著隊友受傷而自己卻無能為力……這種事情嘗試過一次就夠了，他不想再經歷第二次。

「說了受傷的人就給我乖乖閉上嘴安靜的看著！」

扉空大聲回吼，他壓低身子閃過一次揮掌，隨後將鍵盤用力朝上揮去，再次與另一爪撞擊在一起。

爪子刮過殼面的刺耳銳聲令人難受。

他不放。

他才不會退縮。

「這種東西……」

他才不會向牠認輸！

「叮鈴！」

兩道身影各自從扉空的身側竄出，伴隨著脆鈴聲響的強風颳過扉空耳際，座敷童子和枕木童子拿著各自的武器「刷啦」一聲由下而上用力揮去，壓撐著扉空的獸爪被硬生生彈開，擦出橘色火花。

「吼啊啊啊啊啊——」

雙胞胎的突然插手讓野獸狂怒。

也在那一刻，抓到空隙的扉空趕緊將鍵盤脫手上甩，高喊：「F2！」

扉空雙手上的手套瞬間變成銀藍的冰焰向上飛竄而去包覆鍵盤，編寫著字體的按鍵脫離盤體，紛紛化為相同的白色長塊與幾枚黑色短塊飛竄到扉空身旁，重新組合成長排狀圍繞。仔細一看，那些色塊正是鋼琴琴鍵，而琴鍵下方則有著幾何圖形組合的陣法輕輕轉繞。

「捂住耳朵。」

相同的話語在伽米加、座敷童子以及枕木童子腦海響起，三人一刻也不敢怠慢，趕緊用雙手遮耳。

「我會讓你們深刻的後悔，惹毛我。」

扉空帶著寒意低語著，他抬起頭直直對上那雙獸眼，看著高吼著的野獸舉起獸爪再次朝自己揮來。修長的手指高舉，下一秒扉空重重的朝著前方的琴鍵按下，從十指之下、極度不和諧的半音和弦夾雜著怒意橫掃全場。

「絕對音感——發動！」

震撼的樂音從扉空的指間流洩而出。

每一個跳動的音符如同舞步，時而輕跳、時而重擊，扉空手指反翻，指尖觸碰琴鍵從低往高滑音而過。

扉空輕開脣瓣，合音吐出。

山賊們瞬間面露痛苦掩耳，但還是無法阻擋震撼心神的音符竄入耳內，流竄在腦內的是令他們無法站穩的暈眩感。接著山賊們紛紛跪地，而野獸也是晃著頭、痛苦的趴倒在地，頭頂上的血量表隨著不停出現的負號數字而逐漸下降減少。

座敷童子看著扉空彈琴的模樣以及前方倒得像一盤散沙的山賊們，好奇的她慢慢的將手鬆開，「咦」了一聲。

杈木童子看見女孩把手放下，趕緊伸手要把她的手抓回去蓋住耳朵，也因為如此，他的手同樣離開了耳朵，但……

眨眨眼，這次換杈木童子呆愣。

伽米加看見兩名孩童的樣子，對比那些痛苦得要死、紛紛倒地消失的山賊，他也終於將手慢慢鬆開。

那一刻，他的胸口隨著聽見的樂音而震撼。

那是首樂曲，樂曲輕重分明——輕柔如水，激烈如火，卻又相容成一體。

與琴聲融合成一體的歌聲是種天籟，輕淺卻美麗。

隨著樂曲的輕重，扉空手指彈跳於琴鍵上，袍裙隨著動作晃動，他低垂的眼眸流露專注。

「咦，好奇怪……」杺木童子訝異的摸著胸口，雖然他的傷口還在，不過疼痛感卻隨著那流入他身體裡的樂音沖淡許多。

伽米加似乎也發現了這樂音對自己的影響，發麻感消退不少，除了受傷較重的手臂，他的身子已經能微微坐起。

至於座敷童子，則是完全陶醉在那美妙的樂聲中。

直到最後一個音落下，山賊已消失了一大半。

痛苦趴地的野獸晃著頭，顫巍巍的站起卻又跌下。牠原本猙獰的雙眼半瞇，狠狠的直盯著扉空，小小的吼了聲，對於自己無法動彈的狀態感到不甘。

但是戰鬥卻沒有因為野獸的止息而停止，本來已消失一半的山賊，人數居然又多了起來！只見從遠處的山洞又跑來許多山賊，一夥人聚集起來比剛才要多上兩、三倍！

「這也太犯規了吧！」伽米加怪叫。

座敷童子和枚木童子趕緊架起武器，有些緊張的靠在扉空身旁。

扉空轉了方向，另一首短曲合音再次從他的手指與嘴裡唱出，但這次的攻擊範圍卻比剛剛小上了一倍。他眼角瞄到另一邊跑來的山賊，腳步踏個旋轉，迴身繼續唱著、彈著。

隨著陣陣樂音落下，靠近的山賊紛紛被滅，但扉空的臉上卻滿是汗水，他看著一直增加的人群，嘴脣開闔準備再唱，可就在那一刻，一股熱液卡住了他喉頭本要發出的聲音。

扉空腳步有些凌亂的退了幾步，被一旁的枚木童子拉住。

「扉空哥！？」

扉空喘著氣，迷茫的視線讓他無法看清楚前方，額間盡是冰冷的薄汗。

環繞的冰焰閃爍了下，熄滅。

原本在扉空身旁盤旋的琴鍵變回成鍵盤型態摔落在腳邊，晃了一晃，扉空往後跌坐在地。

「扉空！」

三人趕緊來到扉空身旁扶著，只見扉空猛咳了好幾聲，朱沫滴在翠地。

他的胸口有股無法驅散的悶意不停凝聚，喉頭是灼燒般的熱。

——不可以，我不能就這樣倒著，我還要保護……

扉空抹掉嘴角的血漬，低啐一聲，抓起鍵盤就要再戰，但他才剛站起卻又再次跌坐而下。

——我還要保護其他人才行……

「夠了！」

伽米加很憤怒，不只是對於少年總是愛逞強，也生氣應該是撐住戰局的自己竟被打傷，只能倚靠比自己弱小的人保護。

伽米加壓著扉空，耐心說服他：「扉空，我們逃吧。現在還是先保住命再說，反正這是任務，還可以再重新來的，等之後高等一點再……」

「開什麼玩笑！怎麼能在這裡就……咳咳咳！咳！」

扉空壓著發熱的喉嚨，他說不出完整的話語，只能劇烈的咳著。

扉空的倔強讓伽米加看不下去，他乾脆直接行動，用著自己未受傷的手拉過扉空的手搭過肩，半托半撐的將扉空扶起。

——這個笨蛋，連站都站不穩了還想打什麼！

雖然他也很不甘心，但是退離才是現在最好的選擇。

伽米加轉身，卻看見他們身後的道路早已被人群包圍。

杸木童子架著凰冥刀守在兩人身後，座敷童子拿著鳳鳴槍跑到兩人身前護著。

現在他們只能硬闖，否則根本毫無退路。

但，這樣的局勢，他們真的能闖得過嗎？

她真的真的好想向萱媽媽求救……

「就算我們私訊給萱媽媽，她也沒辦法及時趕到這裡來的，況且這是我們自己要打的任務，如果連這樣的事情都要麻煩她，那麼我們一開始的目的就沒意義了。」

心靈相通的雙胞胎，杸木童子自然知道座敷童子現在心中的焦躁，他直接傳話。

「……杸木你說得沒錯，要是我們真的向她求救，那麼就完完全全顛覆一開始原本的目的了，我們又變成了麻煩。」

所以，不可以，她絕對不能傳訊！

她要靠自己的力量離開這裡！

座敷童子握緊槍身，用深吸氣來緩和情緒，而另一邊的杸木童子也緊繃著神經。

山賊們互看了一眼，原本讓他們畏懼的敵人已不具有威脅，所有人紛紛高舉武器吆喝著，震耳欲聾的喊聲讓兩個小孩不自覺的後退一步。

「大家，上！」

一人呼喊，千軍蜂擁。

地面隨著山賊的衝步而震動。

伽米加撐著扉空，懊悔自己沒有阻止他們來打任務，而座敷童子則是緊握著鳳鳴槍，慌忙的閉上眼。

「……那是什麼？」

枕木童子突如其來的疑問讓座敷童子微微睜開眼，就連伽米加也看著地面突然出現的異樣，露出驚訝的表情。

在他們的四周，山賊們腳踩之地分別出現了七、八個相同的大型紅光法陣。

光芒隨著法陣一次又一次的順轉而逐漸耀眼。

頓時，一道細長的紅色光束從山邊射出劃過天際，如同受到牽引般，「咻」的一聲直直射落在法陣的範圍內。

物體的墜落揚起一記悶響及小小沙霧。

山賊們嚇了一跳，瞬間停止了腳步。

霧沙散去，眾人才發現那竟是一顆約兩公分長的銀彈。

——為什麼會突然落下這東西？是誰出手的？

才剛抬頭望去，與剛剛相同的光束再次從天際邊射來，不同的是剛剛是一發，而這次卻是千萬枚。

細長的紅光是子彈牽引而出的星尾，數不清數量的子彈劈里啪啦如豪雨般落下，法陣內的所有人根本來不及閃躲就被迎頭痛擊，好幾聲爆響伴隨著火光捲起強風。

沙土漫飛、哀號四起。

煙霧瀰漫讓伽米加四人看不清情況，只能聽見好幾聲掩蓋慘叫的爆炸聲響和物體擊落在沙土裡的悶聲。

終於，許久之後，聲音停了。

微風拂來，瀰漫的煙霧終於稍稍散去。

當四人回神時，看見的就是正化為數據一一消失的山賊們，草原上所有山賊無一倖免，也不知道是不是那頭野獸剛好在法陣的區域外，又或者是剛剛那強烈的攻擊還不足以取牠的性命，獨獨剩牠還留著。

「這、這是怎麼一回事？」情勢的極端逆轉讓座敷童子目瞪口呆的望向伽米加。

「不會那麼神是萱媽媽過來了吧？」枕木童子喃喃自語，隨後立刻和座敷童子一同反駁自己剛剛脫口而出的話語：「怎麼可能……那麼到底是誰？」

一旁傳來的腳步聲讓伽米加頓了頓，他轉頭望去。

那是一名身穿紅色勁裝的女子，女子手上拿著一把改裝過的長型狙擊槍。

女子紅豔的嘴角微微揚高，她輕輕頷首，「因為看見你們的處境有點糟糕，所以就擅自出手了，希望你們別介意。」

「妳是……？」

「荻莉麥亞，職業是……『聖槍王』。」

「所以剛剛那是妳的招式！？」

荻莉麥亞晃了晃手上的槍械，「Comet storm strike（彗星連擊），是這把武器附屬的招式。只要是與職業相關的輔助武器都可以覺醒一個特屬的招式，剛剛你那位夥伴不就使出來了嘛！」

扉空抬起頭，感覺喉嚨不再那麼難受後，他開口回答，但嗓音卻是有些難聽的低啞，「絕對音感……那些音樂會在聽者的耳裡轉為尖銳的赫茲分貝，所以那些人會感覺很痛苦或是暈眩。」

「但是我們聽卻是正常的。」座敷童子說。

「而且傷口也不疼了。」枕木童子拉拉胸前破洞的衣領。

「雖然不能消除實質的傷口，不過好像能消除感覺上的疼痛。」伽米加做出結論。

扉空一愣，他沉默了一會兒才回答：「那大概只對敵方有用吧。我本來以為這種招式是無差別攻擊，結果是附屬同伴治療嗎……那下次你們可以不用摀住耳朵了。」

「扉空哥哥下次不准再用這個招式了！你看你連自己都受傷了！」座敷童子扠腰指著扉空的鼻頭斥道。

「就是說呀，每個職業都有一、兩個會傷到自己的招式，選擇不會讓自己受到傷害的招式使用，才是遊戲的生存法則。」顯然的，枕木童子也對這次的招式很不贊同。

扉空垂眼思考了一下，最後他吐出一個詞：「……考慮。」

「扉空哥哥！」

「扉空哥！」

「你這傢伙怎麼就是喜歡做出令人惱怒的回答呢？」伽米加嘆口氣，將扉空扶著坐下。

伽米加叫出了幾罐紅藥水咕嚕嚕的灌完後，再叫出兩罐傷藥。

他將一罐傷藥遞給枕木治療胸前的傷口，另一罐則是倒在自己的左臂隨便抹開。接著，他再扔了幾罐補ＭＰ（注：魔法值）的藍藥水給扉空。當事人還沒動手，兩個小孩就自動搶過，然後一人架住少年、一人扳開嘴，開始進行處罰式的灌藥。

「唔唔唔啊唔……」

可惜扉空的鬼叫激不起兩個小孩的同情心。

「看你下次還敢不敢再使用！」

「壞孩子……不，不對，是壞大人！壞大人！」

諸如此類的話語從座敷童子和枕木童子的嘴裡罵出，他們手上的灌藥行為也未停止。

伽米加看見扉空被另類教訓，倒是挺樂的。誰叫扉空總是這樣，太拗、太倔強，給他一點懲罰也好，那樣危險的招式之後一定要禁止他再使用……為此，他要變得更強才行，只有如此，扉空那傢伙才不會再使出那種自殘招式。

伽米加握緊拳，在心底暗暗下了決定。

「呵呵……」

伽米加聽見身旁突然傳來的輕笑，他轉頭望去，只見荻莉麥亞舉起手說：「不好意思，因為覺得你們的相處很有趣。」

伽米加一愣，隨即點頭，他用拇指指著身後正被灌藥的人，無奈道：「誰叫那傢伙常常做出這種令人操煩的行為。」

「要不是我，你早被幹掉了！」扉空憤怒的回吼，但下一秒他立刻傳來哀叫：「……唔、唔啊！住手，別灌了！咳、咳咳！」

「扉空哥哥你乖一點，別亂動啊！」

「嘖，真是的，都是大人了還這麼亂來。」

「呵呵……」

顯然的，四人的對談讓荻莉麥亞覺得相當有趣，她再度笑了。

「喂喂，人家都在笑了喔。」伽米加對著三人喊完，再度將視線移回荻莉麥亞臉上，道謝兼詢問：「這次很感謝妳的出手相助，還沒請教妳到這裡是……？」

荻莉麥亞微微一笑，「就目的來說，與你們一樣。」

「妳是說……擊破山賊這個任務？」

「這個任務我本來想接的，但是發現被人搶先一步了。」荻莉麥亞發現伽米加臉上的歉意，她搖搖手趕緊補述：「請別在意，雖然說想接任務，但其實是因為剛好找人順路，想說順便來打一下。」

「那妳要找的人……？」

「我推測躲在那座宮殿裡。」荻莉麥亞揹起狙擊槍，她望向遠處金光燦燦的華麗宮殿，眼神夾帶著回憶，「是個總愛惹麻煩的笨蛋。」

▶▶Loading...

第七伺服器

Give me money 才是王道！

扉空一行人本來以為會死在人數占據優勢的山賊刀下，但卻意外的被突然出現的女子救了，並用著壓倒性的彈雨招式瞬間打爆百名山賊。這名女子是「聖槍王」——荻莉麥亞。

荻莉麥亞看起來有種拒人於千里之外的冷豔，但在交談之後，大夥兒發現她其實是個挺健談的人。

一方是為了找人，另一方則是為了打敗山賊首領結束任務。雖然荻莉麥亞並沒有接洽擊破山賊的任務，但最終目的和他們一樣都是進入宮殿，所以伽米加便邀請她同行，而荻莉麥亞也欣然接受。

這次山賊在被強大火力消滅後就沒再生成，至於單獨倖存下來的野獸卻產生意外的變化，只見牠朝著扉空吼了幾聲小小的威嚇後，便在白光的包覆下變成一顆約三十公分大小的白蛋，蛋面還有好幾道像是銀色電路圖的刻紋。

雙胞胎搶先上去摸了好幾圈，他們本想收進自己的裝備欄裡卻發現毫無辦法，而伽米加在雙胞胎的悶喊下上前去嘗試，同樣也是沒反應。

接著荻莉麥亞也好奇的前去查看，一樣靜止無聲。

「算了、算了，別玩這顆蛋了，就當送給其他路過的有緣人吧，反正收不進寵物欄，也沒辦法帶著跑。」伽米加甩手道。

雙胞胎則是依依不捨的望著本來可以不用花錢就能入手的寵物蛋，而原本就只對槍械有興趣的荻莉麥亞自然是無所謂。

一行人抱著各種思緒開始朝著宮殿前進。

但他們卻忘了，其實這個隊伍還有一個人。

扉空對那顆蛋毫無興趣，所以他只在一旁休息不插嘴，順便等喝掉的藍藥水變成氣力補回來，結果伽米加他們居然就這樣將他忘在旁邊，一行人摸完蛋後就直接前往宮殿。

扉空動動脖子、動動手、動動腳，確定身體只是有點體虛後，他撐膝站起。他看見前方的人距離自己已經有些遠了，腳步也就快些的朝前走。

扉空是繞蛋而行，然而不知道是命運還是巧合，此時此刻竟然從天外瞬間飛來一個速食店的飲料杯——如果是紙類倒還好，他還可以撿起來拿去回收，但好死不死這杯子居然是鐵製的，還直接朝他的側腦重重擊下！

「唔！」

扉空的俊臉瞬間偏移了四十五度，還不雅的牽出一條透明絲。他腳步不穩的朝著左方偏去，一個轉身卻不慎踢到突起的矮石，於是就這樣，扉空直接整個人成飛撲狀態摔在白蛋上。

前方的一行人聽見後方傳來的巨響後立刻回頭，然後他們看見的就是不知道為什麼趴在蛋上的扉空。

「啊……痛死了……」扉空揉著磕到蛋殼的額頭，一臉皺得像梅乾。

怎麼回事，這蛋殼是鐵做的是不是啊?痛死他了……

在扉空心裡哀愁抱怨的同時，耳邊意外傳來一道系統的提示聲——

『系統提示：恭喜玩家【扉空】獲得【寵物蛋】，數量×【1】。』

「啊?」扉空還沒反應過來，白蛋已化成光點自動收進他的寵物欄裡了。

一行人看著戲劇性的變化呆愣在原地，而扉空自己也是摸不著頭緒的一臉糊塗。

「呃……」扉空開開闔闔的金魚嘴不知道該說些什麼，最後只好拍拍衣襬站起，同時，他旁邊也傳來了哀怨的氣息。扉空縮了半腳。

「扉空哥哥搶了我的寵物蛋……」座敷童子身後好似有黑色漩渦在旋轉，她鼓著雙頰，嘴扁得可以吊豬肉了。

枕木童子雙手環胸，嫉妒道：「什麼嘛，結果這顆蛋根本就是直接將把牠打趴的扉空哥當成主人了……那種野獸的報復是很可怕的喔。」最後還加了有些酸的語氣。

他只求這兩位別來報復他就好了！

扉空很討厭不在計畫中的插曲所引來的麻煩，雖然不太明顯，不過他原本直挺的肩膀卻微微垮了下來，還淺淺的嘆了一口氣。

——好麻煩。

「所以那顆寵物蛋孵出來後要第一個給我看。」

「我要當那隻寵物的乾姐姐！」

遠處傳來轉變的語氣。

扉空感覺到雙胞胎發出與剛剛截然不同的喜悅，他完全摸不著這兩個孩子的思考路徑，只能呆呆的「啊？」了聲。

「你就點頭說『好』就對了。」伽米加笑著喊。

扉空愣了一下，聽從建議呆呆的點頭，照著說聲：「好。」

聽見扉空的回答，兩名孩童立刻露出笑顏，開心的手拉手轉圈。

——好吧，看起來好像是解決了。

扉空看著座敷童子與枕木童子如此開心，他苦笑著搔了搔頭。

這個隊伍，還滿有趣的。荻莉麥亞看著四人的相處，感覺自己似乎也被那股輕鬆感染了，她露出一抹淺笑，隨後望向那已經近在咫尺的宮殿。

她真心希望這次能夠找到那個人，終止她這遠到看不見邊境的旅途。

荻莉麥亞垂下眼，心裡傳來懇切的祈禱。

▲▲▲◎▼▼▼

「我還以為你會扔歪，結果意外的準嘛！」

森林中央的某棵巨樹上，ＥＰ２五指併攏靠在眉毛上方，眺望遠處的一群人。此時的她並沒有穿著替玩家創角時的妖精服飾，而是一身符合她外表的藍色洋裝，就連她頭上的挑染也不見了，現在的她看起來就像是一名再平常不過的十歲左右的小女孩。

好幾公里遠的距離，普通人也只能看見一片綠蔭，但ＥＰ２卻能清楚的看見那些人的動向。

「我們這樣未免也太作弊了，創世那群傢伙很囉唆的。」

說話的是同樣未著妖精服飾，改穿一襲白衫黑褲、外披褐色斗篷的ＥＰ１。

ＥＰ１的頭髮也與創角時有所不同，與ＥＰ２一樣隱藏了挑染。

他還維持著投擲姿勢，證明了剛剛的飲料杯凶手就是本人。

「嘖，我們又不是那群傢伙，守什麼規矩。大姐姐不是說偶爾要放手一搏嘛！況且那個女生說過了，她希望他可以有人陪著，我們沒有告訴他那個女生留下的話，不過至少做到這樣的事情也算好。」

「……真意外，一年前那樣搗亂的妳居然有這麼理智的一天。妳的心變軟了。」

ＥＰ２噗哧的笑了聲，「我不是心變軟，只是想偶爾做些善事，想讓自己看起來更像個人類。」

她轉頭望向另一個方向，樹林裡似乎傳來了吵鬧的嚷嚷聲，聽起來像是在抱怨和嘻笑打鬧的混音。

「喔，看起來快到了呢，差不多該下去找他們了。」只聽「登」的一聲，ＥＰ２跳下枝幹，她轉頭望著樹上沉默的少年，挑眉問：「怎麼，又想訓話了？」

「……她不是說過了，妳已經比我們任何一個人都要更像人類？」

ＥＰ２一愣，然後微微笑了。轉身跑了幾步後，她又回頭對著ＥＰ１喊著：「事情辦完了就快點回去找他們，再拖的話我就不等你，自己先跑囉，伊瑞。」

被喊出別名的ＥＰ１再度朝向遠處的山賊陣地望了一眼，接著跳下樹枝來到ＥＰ２身旁。

「走吧。」

瞬間，兩人化為粒子一同消失。

▲▲▲◎▼▼▼

宮殿的建築架構是以圓柱為支撐所組成的四方格局，窗戶是各種圖樣的彩繪玻璃，而玻璃裡的圖案則是以天使、聖母及聖父為主角平均分布。窗戶的窗框是金色的蔓藤，整座宮殿看似莊嚴神聖的大教堂。

本來教堂讓人的感覺是屬於崇高的單純感，但這座城堡為什麼只能稱作宮殿而不能稱為教堂，主要的原因就是那些鑲在牆壁上的切鑽寶石。

從宮殿屋簷下的牆面上那顆與人等身大的綠色寶石朝兩邊延伸過去，各種不同材質與色彩的珠寶水平鑲嵌在牆壁，就連支撐的圓柱由底至頂，每根柱子上少說都用了幾千顆寶石裝飾成不同的圖案，更別說陽光一照，分明就是閃瞎人眼用的。

「這品味還真是……」

扉空皺著眉頭，跟著其他人一起進入宮殿的大廳。

大廳很單純，沒有任何多餘的擺設。除了兩邊用欄柱隔開的外廊區，順著中央的紅毯到達盡頭，可以看見一個黑黝黝的通道入口，感覺起來裡面應該是條長廊。

「看起來這裡比外面好多了。」伽米加打量著天頂的刻花。

「一個人都沒有，會不會是陷阱？」枕木童子四處張望。

「我想應該不至於，這裡確實沒有藏匿任何人。」荻莉麥亞察看著四周。

她走到長廊入口。本來漆黑的空間頓時被兩旁點亮的花燈照亮，延伸至長廊盡頭。

「這條路的盡頭有人。」

「妳怎麼知道？」

荻莉麥亞望向扉空，她毫無猶豫的回答：「直覺。」

哪有人光靠直覺就能斷定一切的。扉空心想。

「另外，除了和草皮隔出區域的外走廊，這座大廳唯一能走的路就只有這一條，而且當我靠近這裡時，這些花燈就點亮，很明顯的，這是條通道，而且是條邀請我們前往的道路；通常有這種設定的通道，盡頭一定都會藏有某樣東西。山賊任務的最終目標是打倒山賊首領，以遊戲的常規，我可以合理推斷首領有百分之八十五的機率就在這條路的盡頭。」

扉空聽完解釋，好像還真的是有那麼一回事。找不到話反駁的扉空朝著那條路的遠處望了望，最後他視線落在荻莉麥亞身上，說：「希望這條路是正確的，走吧。」

「謝謝你信任我。」

「我只是覺得妳的話有些道理，而且……」扉空微微側過頭，「妳剛剛救了我們。」

「舉手之勞，不足掛齒。」

扉空聽見荻莉麥亞的回答，他沒有多餘的回話，只是低低的「嗯」一聲作為回應，然後他開始朝向通道遠端的盡頭前進。

大夥兒跟在扉空後方，四處打量。

除了照路的燈籠，整條通道的兩邊牆壁也與外面差不多，掛滿長長一排金幣串，一串約用三十枚的金幣串成。金幣串在燈籠的光影照射下，閃耀出不輸給城堡外頭的奪目光芒。

「這首領肯定很愛錢。」扉空嫌惡。

「同感，極差的品味。」荻莉麥亞贊同附和。

伽米加看著相處意外融洽的兩人，也不落人後的嘻笑上前插進兩人中間，開啟新話題。

走在旁邊的扉空則是嫌三人一起走太擠，退到了後方。

雙胞胎看見扉空減慢步伐，他們馬上快走幾步來到扉空身邊跟著。看得出來這兩個孩子非常喜歡扉空。

「妳身上的裝備看起來挺多的。」

從剛剛開始，伽米加就發現到荻莉麥亞光是身上就佩戴了三把槍械。一把是剛剛救了他們的改造長型狙擊槍，兩把短槍分別繫在她右腿側及腰間的皮革包裡，另外皮革包裡好像還放了幾枚長型子彈和彈藥。

他還是第一次看見一個女人身上帶了那麼多的軍事用品，比他還軍事狂。

撇除這些配備帶來的酷意，其實荻莉麥亞還算是個挺漂亮的成熟女性。她那與火焰一般紅的馬尾高高綁起，隨著步伐一晃一晃的；她小巧的鵝蛋臉如同白瓷般精巧，雙眼如鳳，點抹朱唇，擁有一股古典韻味美。

她身上同色系的熱褲勁裝繡著牡丹花樣，看似一體成型，實為上下分裝。兩袖口則是水袖的薄紗，隱隱約約可以看見她右肩上的刺青，圖案看不太清楚，唯一可以看出的是那隱藏的黑紅交錯的色彩延伸至後背。

因為服裝抓腰的關係，可以看見荻莉麥亞漂亮的婀娜身形。她高至大腿的白襪鑲著晶石裝飾，至小腿的高跟皮靴讓她整體更加修長。

據伽米加的推測，荻莉麥亞應該是二十來歲左右，不過他可沒勇氣光明正大的問對方年齡，畢竟「女人的年齡是秘密」這句話他常聽，說不定最後聽到的不是回答而是子彈那就糟了。

「本來只用一把短槍，但後來開始發現各種槍械配合著使用，不管是攻擊還是防守都有著大大的助益，所以就開始增加配備了。現在用得順手的反而是這把狙擊槍，不只可以長距離射擊，還可以經由更換槍頭變成近距離的散彈槍……看。」

荻莉麥亞漂亮的手指三兩下就解開原有的槍頭與彈匣，她手上的零件瞬間轉換成另一種配備。因為是改裝的槍械，所以連槍頭和彈匣都是使用方便組裝的卡榫設計。

荻莉麥亞俐落的換上散彈槍專用的槍頭與彈匣，狙擊槍也在瞬間被粒子包覆，變換成散彈槍型態。她拉退填彈拉柄，俐落的進彈、上膛，再朝著斜前方開了一槍，伴隨著火花，單一子彈散成多發子彈，將牆壁擊出一道直徑長達兩公尺的裂洞。

看著剝落的土塊，其餘人士目瞪口呆。

——居然直接親身示範，這女的也太威猛了吧！？

「大概是這樣。」示範完畢的荻莉麥亞將散彈槍換回狙擊槍模式，重新側揹在背。

「喔……挺、挺剽悍的，這槍。」伽米加訕笑了一下，偷偷拍了拍胸口，喘了幾口氣。

還好他剛剛沒有多嘴問她的年齡，不然現在他可能已經變成和那塊土牆一樣的下場了……想到這，伽米加默哀了聲：「可憐的牆壁。」

在前方的伽米加與荻莉麥亞繼續聊開話題時，後方跟著走的扉空則是開始查看自己的資訊，他發現血量還未補滿，便叫出一罐250ml的紅藥水開始喝著。反正現在他還看不見盡頭，也沒有敵人，他可以放心恢復不足的狀態，不然到時面對大魔王他卻因為血量或氣力未滿而造成慘輸的局面，那就不妙了。

在扉空補血的同時，雙胞胎也開始打量著那位新來的同行者。

座敷童子雙手捧著臉，陶醉道：「那位姐姐真漂亮。」

「用的招式也爆強的。」柀木童子握拳，說出了讚賞。

「看起來也挺好相處的。」

「穿那麼高的鞋子還不會跌倒。」

兩個小孩互看一眼，同時朝向扉空豎起大拇指，「女朋友的最佳人選！」

「噗——」扉空瞬間噴出嘴裡的紅藥水，面紅斥道：「咳、咳咳！你、你們兩個在亂講什麼啊！」

——真是的，怎麼現在的小孩都愛想一些亂七八糟的事情。附注：碧琳就不會，不管幾歲還是一樣可愛。

被聲音吸引，走在前方的伽米加和荻莉麥亞轉頭望來。伽米加好奇問：「怎麼了？」

「沒你的事情啦！走你的去。」扉空像是掩飾般的偏過頭繼續喝著紅藥水，實質是在遮掩自己的尷尬。

「哈哈，扉空哥哥臉紅了耶！」

「作戰大成功！」枚木童子舉起手。

座敷童子一看，她立刻舉掌擊上，「喔耶！」

這兩個小鬼靈精……扉空眼角朝前瞄過，發現自己與荻莉麥亞對上目光後，趕緊撇開眼。

荻莉麥亞雖然困惑的偏了下頭，但也沒多在意扉空的怪異行為，她繼續前進。

「你們又對扉空說了什麼？看他那麼激動……」

「誰激動啊！」

「就你啊。看，還把人家的地板弄髒了。」伽米加指著地上的一灘「血水」，挑眉。

「這明明就是公共場所……啊，煩死了，不跟你說了。」

扉空轉身加重腳步離去。他不想與對方計較，沒想到身後卻傳來更欠扁的喊話。

「破壞公物罪更重喔喔喔喔喔——」

啊——他剛剛真該直接讓那頭野獸將他踩死回重生點的！

「雖然早有預感，不過這扇門還真大呢，寶石的數量也是跟外面有得拚。」伽米加摸著下巴，感嘆的說。

在荻莉麥亞分析之後，其實他們早就想過通道的盡頭大概會是一間房間之類的，結果他們到了盡頭，在十盞圍繞的燈火照明下，直達天頂的紅色大門映入眾人眼簾。門上完全沒給人失望的用著一堆七型八彩的寶石裝飾著，門邊緣則是使用金箔與銀鐵鑄成的花形框，數朵向日葵盛開綻放，栩栩如生。

在巨門的正中央有一塊圓形圖騰，跨越左右門扉，圖騰上頭刻畫的東西看似某種古代金幣上的人頭圖案。

難以形容的複雜感飄散在眾人心頭。

「感覺真像完美構成的藝術圖畫，結果裡面的人臉全是錢幣。」

簡單來說，就是俗庸。

不過，管他俗不俗庸，反正個人品味他管不著，現在要緊的還是把門打開，早早幹掉頭頭，早早結束任務。思及此，伽米加推了推門，但不知道是不是力氣有限，門扉不為所動。

荻莉麥亞揹好槍械上前幫忙，兩個小孩和扉空也一起出力，不過巨門連移個一公分都沒有。

「打不開要怎麼進去啊！」伽米加恨恨的朝門踹了一腳。

兩個小孩突發奇想：「不會要喊『芝麻開門』才會打開吧？」

座敷童子和杦木童子互看著，他們開始興奮的朝門大喊好幾聲「芝麻開門」，但門還是沒有反應。他們頓時像洩氣的皮球垂下肩膀。

扉空翻了翻白眼，碎碎唸道：「我看憑這四處掛滿金幣、鑲滿寶石的品味，就算要設密碼，也應該是『Give me money』吧。」

扉空語調不屑，卻沒想到伴隨他話語而來的竟是一道璀燦金光。所有人錯愕的朝著光源望去，只見門扉中央的人頭像染上金光，完全變成了一尊金光像，突然，一道光束從中間門縫由上往下刷地竄下，機械運轉的聲音傳出，緊閉的巨門開始向內開啟。

突如其來的結果讓眾人愣了許久才回過神，隨後伽米加和雙胞胎同時望向身後的扉空。

「幹、幹什麼？」

三人瞇眼，他們的大拇指同時向扉空豎起，「真有你的！」

就連一旁的荻莉麥亞眼角也發出一枚鑽光，彷彿在說著：了不起！

明明是稱讚，卻讓人有種不是很開心的複雜感。扉空有些無言。

怎麼他隨便說說的話真成了通關密碼？由此可知，裡頭的人的品味肯定是讓人不敢恭維的那一種。

「只要打完裡面的BOSS就能稱霸了！那麼各位，咱們走吧！」

「喔！」

「喔……」無力感，他感受到一股好重的無力感。

扉空悶悶的跟著其他人進入門內。

門內是座能容納百人的廳間，紅、橙、黃、綠、藍、靛、紫——七彩的絲綢布裝飾著天花板以及兩旁的梁柱。比外頭毫不遜色、甚至再大上一倍的金幣和寶石串叮叮噹噹的掛滿牆壁，就連地板都是用光滑的大理石堆砌成大陸未合併前的各種流通貨幣的圖樣，好幾千種錢幣圖樣令人眼花撩亂。

接著眾人的視線落在正前方三尺高的大紅對聯上。

左聯：金錢萬能就是神

右聯：愛錢無罪萬萬歲

橫批再來一詞：我、愛、瑪、尼

完全表現出愛錢主義的對聯讓扉空終於忍不住直接吐出不屑：「嘖！骯髒的俗庸鬼。」

伽米加瞪大眼，一臉錯愕，「扉空，你的狠話又晉級到下一個等級了。」

「閉嘴！」

在扉空斥完的同時，一道帶著張狂語調的話音隔空傳來，打斷伽米加與扉空的拌嘴，在廣大的廳殿迴響著。

「哇哈哈哈哈！歡迎各位來到我的『金錢殿』！」

眾人順聲望去，只見在對聯之後有一座層層向上的階梯，梯面完全沒讓人失望的用了一堆寶石拼花裝飾。在階梯的最高處，有一座金光閃閃的寶座，寶座上坐著一名披著貂毛紅褂、頭戴黃金皇冠的男子，而剛剛的話語就是從男子口中傳出的。

男子的髮色銀白，髮尾如同刺蝟般的上翹，宛如紫水晶的眼眸透露慵懶，立體的五官使男子散發出一股無法駕馭的狂獸感，他右耳戴著的金色十字架在光線的照射下閃爍微光。

「看起來，勇者就是你們了吧，外面的那些傢伙終於被打死了是嘛……」男子的唇角揚起一抹囂張的弧度，一直維持蹺著姿態的二郎腿終於放下。他蹬地站起，扶著斜歪歪的皇冠，噠噠噠的快步走下階梯停在一行人面前。

男子一手扠腰，一手指著眾人，臉上是君臨天下的傲意，「看在你們還算有點程度的分上，我就勉為其難的與你們同行離開這個鬼地方吧！」

「……蛤？」

「聽不懂嗎?這也沒辦法，聰明人和平凡人交談總會有些代溝的，不過沒關係，這點我們之後可以好好的磨。總之，快點帶我走吧！」男子張開雙臂，一副「我是施捨者」的模樣。

伽米加皺起眉，納悶的望向其他人，「有誰聽得懂這傢伙在說些什麼嗎？」

「他好像在求我們帶他離開這裡。」荻莉麥亞面無表情的說完，從腰間的皮革包裡拿出幾枚子彈依序裝進彈匣裡——拉動拉柄、上膛。

「NPC可以離開任務地嗎？難不成他其實是人形寵！？」座敷童子好奇的問。

枕木搖搖頭，直接否定座敷童子的話語：「看起來就不像。就算遊戲再怎麼奇怪，也不至於讓手下的NPC品味那麼差。」

「態度囂張，看了就不爽。」扉空惡毒的補上一句。

五人互看彼此一眼，瞬回：「我拒絕。」

聽見五人的回答，男子先是一愣，隨即慌張道：「等、等一下！你們真的不考慮一下？我、我可是山賊的首領喔！帶我上路一定有很大的好處！」

「所以，你真的是山賊的首領？」伽米加挑眉，拗了下手指，他左右動了下頸肩，似乎還能聽見「喀喀」的兩聲響。

「當然，不然還有誰能坐在那張美麗又耀眼的寶座上！」男子昂起頭，鼻尖彷彿有跟著伸長的跡象。

座敷童子指著門口問：「所以外面那些山賊都是你的手下囉？」

「也只有我才能調動那群沒腦的傢伙。」男子拍拍胸脯，驕傲道。

「喔……所以我們差點被打死都是這傢伙的主意。」枕木童子冷笑，他動了動手腳。這不是問句，而是肯定。

「當……等、等等等等！這是誤會！是誤會！」

「碰！」

子彈從男子的臉頰邊緣削過，男子的身後瞬間傳來爆響。

男子回頭一看，鑲得金光璀璨的王座早已成了一堆廢墟。細細的血痕隱現，男子摸了下臉頰，看著指尖上的血絲，瞬間驚恐了。

「我要找的人，在哪裡？」荻莉麥亞的聲音如同地獄的鬼魅，冰冷而寒慄。

——開、開玩笑，這群人是瘋子是不是？

——難道聰明人和平凡人的溝通代溝真的那麼大嗎？

「什、什麼人我不知道……」

「反正已經確定他是首領了，早早打掛他就能早早領獎勵，我也可以快點去做我原本要做的事情。我很討厭浪費時間。」扉空淡淡的瞥了男子一眼，舉起已經在凝聚冰氣的手掌。

「你是要自己自殺，還是要被我用冰塊砸死？」

——瘋子！

——這群人根本就是瘋子！

「我看廢話就別多說，直接動手吧！」

伽米加一喊完，座敷童子和杴木童子立刻跟著伽米加直朝著那自稱是「山賊首領」的男子一陣狂毆。

扉空雖然對於這種赤裸裸的暴力行為很不屑，但畢竟他剛剛被整得很慘，所以他也加入行列，跟著踹幾腳洩憤。

「結果又撲空了嗎？」荻莉麥亞張望四周，一點小地方都不敢放漏，但搜尋過後，她也只能失落的垂著眼。

那個人……不在這裡。荻莉麥亞失望的想著。

男子雙手護著頭，原本囂張的他如今就像一隻可憐的待宰豬，邊叫罵邊擋著落下的拳打腳踢，直到最後他終於哀號求饒：「等、等一下！我說住手啊啊啊啊啊！」

四人手腳頓止，但原因並不是大家起了同情心，而是他們決定改換計畫。

「呼……這傢伙命真硬，居然打不死，看起來是要凰冥刀出馬是吧。」杦木童子直接叫出凰冥刀，刀口直指男子鼻尖，然後凰冥刀高舉——

「等等等等等一下啊啊啊啊啊——」男子雙手雙腳並用瞬間朝後爬退三公尺，舉掌擋在前方，慌張喊道：「住手住手！那東西砍下去真的會死人的！」

「NPC還懂什麼是死翹翹？我們可是等著拿裝備、名聲、稱號和獎金呢！去死吧——」

「住手、快點住手啊！我才不是NPC！看清楚我是玩家，是玩家啊啊啊啊——」

武器瞬止。

男子看著離自己額頂只剩下一公尺距離的刀口，緩慢的嚥了口唾沫。

「你是玩家！？」杦木童子收回武器，和其他人四目相覷。

「廢話！我哪裡看起來不像玩家了！」男子舉起手上的玩家手鐲，證明自己所言不假後，隨後又加上了一句碎唸：「NPC有我那麼帥的嗎！」

「……這句話讓我又想砍他了。」杦木童子徹底鄙視，探手就要再次叫出凰冥刀。

男子立刻討饒：「對不起，是我不該說話那麼囂張！我對不起大家、對不起這個社會，所以請這位矮不隆冬的小弟手下留情！」

柀木童子左額爆出一枚暴怒符號，他直接揮刀橫砍。

「哇啊啊啊會死人啊啊啊啊——」

「去死吧你！」

突然，一聲清脆的碰撞聲響盪在哀號與叫罵之間。

武器在砍中目標之前被搶先擋下，這讓柀木童子頗不滿，仔細一看，這才發現擋住自己武器的竟是把拆信刀。

柀木童子望向切入他與男子中間的荻莉麥亞，皺眉的喊了聲：「荻莉麥亞姐？」

「不好意思，因為我有話要問這東西，所以他還不能死。」

「什麼東西？沒禮貌！」

荻莉麥亞完全沒理會男子的反駁，她收起擋在凰冥刀刀口的拆信刀，手指俐落的將刀子轉了幾圈，摺起，然後將刀子收回皮革包裡。

柀木童子撇撇嘴，雖然心裡有所不滿，但他還是收起凰冥刀。

男子才剛喘口氣，接著下一秒抵在他額前的是那把剛剛展現威風的狙擊槍，黑黝黝的槍口看得男子直冒冷汗。

「我要找的人在哪裡?」

男子完全無法理解為何荻莉麥亞要一直問他相同的問題，他只能皮皮剉的回答:「我、我不知道妳指的到底是誰……」

「碰!」

男子身側的地板多了一個冒煙的孔洞。

「我、我真的不知道，這裡從頭到尾就我一個人……」

荻莉麥亞直直盯著男子，她瞇起眼，似乎想從男子的眼眸裡看出什麼，但最後她還是什麼都無法讀出。撇開眼，荻莉麥亞收起槍械，轉身直接朝著門口走去。

「荻莉麥亞姐姐，妳要去哪?」座敷童子問著。

「……既然我要找的人不在這裡，那麼留著也只是浪費時間。你們也有你們要做的事情，那麼就在此處告別吧。」

「耶!?荻莉麥亞姐姐!」

枕木童子看向追著荻莉麥亞跑走的座敷童子，扔下一句「我去看看」後，也跟著追上去。

「真是的，好好的任務就這樣搞砸了。既然首領是玩家，那就不能殺死他，這下子只能再接新任務了。」伽米加嘆息的拍拍扉空的肩。

「殺了他，行嗎？」

「會扣名聲喔，要是變成紅血榜，在遊戲裡會多很多的限制，有些任務也沒辦法接。」

扉空猶豫了一會兒，撇了撇嘴。

就算他再怎麼不甘，如今也只能放棄了，畢竟他總不能真的隨便砍死一個玩家。當然，砍不砍得死也是一個問題。

「……算了，還是去接別的任務吧。」

「看有多少小型任務我都奉陪。」伽米加用拳頭敲了敲胸脯，保證道。

但其實伽米加心裡可樂著，畢竟他不用頭痛這夥伴的離去提早到來。

扉空朝著男子射了一枚眼刀後便扭頭離去，沒想到才走沒幾步，他右腳突然一個踉蹌。扉空一低頭，只見男子一臉淚汪汪的緊抱著他的腿，這讓本來就厭惡肢體接觸的扉空一陣惱怒。

「你做什麼！放開！」

扉空本想抽腳，豈知對方抱得死死的讓他根本沒辦法掙脫，而且他也因為重心不穩，根本無法使用另一隻腳踹飛對方。扉空瞪了眼伽米加，伽米加立刻會意小跑步上前，使勁的將那緊抓不放的手指一根根扳開，伽米加抓著男子的後領將他拖離扉空。

「你們這些平凡人，帶我這聰明人上路一定會有很多好處的！」男子爆出尖銳的哭喊。

「光是你這句話，就算給我再多好處我都不要！」

十句有八句就說自己是聰明人、他們是平凡人，不好意思，他可不想之後聽這種話聽到耳朵長繭。

男子死死的瞪著扉空，而扉空也瞪了回去，只差沒多根中指作贈禮。

幾秒之後，只見男子死瞪著的眼睛好像多了些淚光，嘴一扁，男子竟然直接趴在地上哇哇哭求：「唔哇啊啊啊——再繼續待在這裡我會瘋掉的！拜託，求求你們帶我離開這裡！求妳了，漂亮的小姐！」

不當的用詞，總是使人暴怒的來源。

三度被誤認性別的扉空毫無掩飾的直接爆粗口：「我●！我哪裡看起來像個女人了——」

然後換男子一臉錯愕：「……小姐？」

扉空瞇起眼，手上頓時多了一根冰刺，他語氣冷冽：「你再給我喊一次，我保證這塊冰會讓你馬上體會到什麼是真正的小姐。」

這是警告，也是威脅。

男子看看冰刺，再看看自己的腿間，他趕緊夾緊腿低頭認錯：「對不起是我眼睛脫窗！帥到掉渣的先生，請發發你的好心腸，帶我這個可憐人離開這個該死的鬼地方吧！我求你了！」

淒厲的懇求，本該是激發別人同情心氾濫，但是用在扉空身上，明顯就是不來電。只見他漂亮的唇型微張，吐出的卻是讓人墜入地獄的言語：「我、拒、絕。」

男子瞬間僵硬，他扁著的嘴抖了好幾下，連眼睛都開始有些汪洋氾濫了。

「你自己不是首領嗎？要走哪還有人敢攔你。」

「如果我能走，你們現在早就看不到我了！」

伽米加一愣，問：「你被限制成無法離開？遊戲應該沒法限制玩家要去哪裡……啊！」

扉空看著像是想到什麼的伽米加，納悶問：「怎麼？」

伽米加輕咳一聲，提出他剛剛想起來的遊戲規則：「遊戲無法限制玩家的行動，但是卻可以限制『任務相關者』的行動。既然是任務指定的完成標的，因為他是山賊首領，所以自然是無法離開這裡的……」

說到這，伽米加頓時困惑的轉頭望向男子，詢問：「你怎麼會變成山賊首領？你幹了什麼事情？」

被伽米加這樣一問，男子本來淚汪汪的臉頓時變成目死狀態，他遙望那不知道外頭有什麼的天頂，聲音瞬間轉為幽遠：「跟你們一樣，接了任務來打山賊，誰知道這任務本來就是個大陷阱……原本的那個山賊首領看到我來之後就直接搶了我的刀，抹了自己的脖子死回重生點，然後我就被困在這裡，變成了你們現在看到的『山賊首領』。」

男子抹臉，他繼續接道：「剛開始我也當得挺樂的，不用打怪就能有滿滿的錢拿，但是久了之後哪裡都不能去，都快瘋了……」

男子說到這，頓時站起身，朝著離自己最近的牆柱衝去——但是卻被伽米加從後領扯住，差點勒死他。

「咳咳咳咳咳！快死了、快死了！」男子猛拍了幾下抓著自己後領的手。

伽米加睨了男子一眼，他手一放，男子立刻跪倒在地咳了好幾下。

男子邊拍著胸口順氣，邊可憐兮兮的望向伽米加和扉空，可惜兩人完全沒有任何同情的表情，一個冷臉不屑，一個轉頭看旁邊。想想自己或許真要在這裡老死終生，悲憤之下，男子決定再續苦肉計，哀號著再度往前衝撞牆柱。

悶音傳出，男子腳步往後跌在地上翻了幾個滾，揉著鼻子喊疼。

——哪有人撞個牆的反彈力可以讓人翻個幾百滾的。

扉空鄙視，根本不理會男子的叫苦連天，他朝著伽米加示意了眼神，說：「走吧，去外面看看杴木他們。」

男子見兩人還是執意要走，慌忙從地上爬起，再度撲抱扉空的大腿，不過這次被眼明手快的伽米加先抓住了。

「千萬不要冒險，你真的會被變性的。」伽米加苦笑著勸說。

但男子根本不管那麼多，如果他錯過這次機會就不知道還要再等多久，他半刻都不想繼續待在這裡。

「你們不能扔下我一個在這裡，帶我走！」

「煩死了！要走就走又沒人攔你！」

「沒人殺我我就只能掛著首領的職稱老死在這裡啊啊啊啊——」

男子的一句話再度讓扉空爆粗口了：「那你剛剛還怕死個屁！直接接受杴木的一刀不就好

了？現在來煩我做什麼！」

顯然的，此人終於將扉空的耐心磨得光亮無痕。

男子嘴一扁，很是無辜的說：「我怕死啊……」

扉空側額爆青筋，怒道：「怕死又要人家殺你，殺你又鬼叫個半天，要是真的不想當首領就自己辭職，少來煩我！」

「辭什麼職啊！這是遊戲哪來的辭……辭職？」

「你不是不想當首領？不想當首領就辭職啊！盧死了……伽米加，我們走！」

伽米加乖乖的跟在扉空身後，不過他在經過男子身旁時小聲的友善提示：「根據我的了解，既然是以玩家為主的遊戲，自然不可能真的永遠把『玩家』綁在這個地方，限制行動的是『任務相關者』。我想，因為『山賊首領』也算個職業，所以才能有『薪資』，不知道你有沒有試過……」

伽米加指著扉空的背影，微笑著說：「他說的，辭職。」

「要怎麼辭職？」男子發愣了。

伽米加搔搔頭，語帶歉意：「抱歉，這點我也不太清楚……不如你發訊問GM如何？」

「你不走的話我先走了。」前方傳來扉空的喊聲。

伽米加看著站在門旁、雙手環胸一臉不耐的扉空，他趕緊跟上，「走走走，我們走吧！」

扉空淡淡的瞥了伽米加一眼，接著轉身離去。

黑暗的通道再次被一盞盞亮起的燈籠照亮，撇除某些地方不談，其實這景象還滿漂亮的。

結果這次的任務沒完成，他也沒辦法拿到賞金。怎麼首領會是個玩家呢？這樣根本不可能完成「打敗山賊首領」這個指標。他真是無法理解遊戲公司怎麼會出這種任務，害他還白白的振奮一場，連剛剛在外面都是白傷了。

扉空嘆了口大氣。

兩人走沒多久，身後傳來了急促的腳步聲，還伴隨著男子興奮的喊聲，扉空冷嘖了聲。

扉空回頭望去，一塊面板瞬間冒出擠在他眼前。

『請問您是否願意接受【山賊首領】的降和書？【YES】or【NO】？』

「這什麼？」扉空皺起眉。

「好像是在問你要不要接受山賊首領的投降。」

「我自己看得懂字，你不用再重複一遍。我是問這個視窗突然跑出來是做什麼用的？」

伽米加眨了眨眼，他直接望向那個跑到他倆面前正大喘著氣的「山賊首領」，有些意外的說：「原來可以投降啊……」

「剛剛GM告訴我，只要我投降，不用死，我也可以離開這個鬼地方。我向你們投降！反正你們快點按確認鍵就是了。」

「因為是隊伍，所以就直接挑個人當裁決者吧。」伽米加指著面板，向扉空問道：「你怎麼決定？」

「他投降我有什麼好處？只有他可以如願離開這裡，我什麼都拿不到吧，誰來還我任務賞金？」扉空不屑的說完，正準備朝著【NO】鍵按下，卻被男子一把抓住手。

不過下一秒，男子的手就被扉空反甩開了。

「冷靜點，冷靜～」男子不敢再刺激扉空，只怕到時自己真的會永久被關在這裡，他雙掌作勢推了推，輕聲細語的慫恿：「其實投降也算敗戰的一種，你接受投降，等於我認輸，那麼『擊敗山賊首領』這個目的就算達成了不是嗎？任務獎勵都可以拿到的。」

「你確定？」

「我用我這條命跟你保證，如果你沒拿到該拿的東西，我去幫你向官方抗議！」

扉空手指再度朝著【NO】鍵戳去，卻被男子眼明手快的抓住，不過在扉空再次甩手前，男子就先識時務的鬆開。

「說太快、說太快！你沒拿到的獎勵，我雙倍賠給你！所以冷靜，別衝動，好好考慮。」

扉空看著男子一臉賊笑的樣子，說實話，他壓根兒都不想讓他如願，但是只要接受他的投降就可以拿到原本該有的賞金……唉，真難抉擇……

「……如何？」

「你最好沒說謊。」

「我做人最誠實！」

扉空瞇起眼，他轉頭看了伽米加一眼，對方只給自己一個聳肩，將決定權交出。

扉空嘆口氣，最後他還是按下【YES】鍵。

『您接受了【山賊首領】提出的降和書。』

扉空關掉系統的通知面板，下一秒，他和伽米加的手鐲卻各有一個相同的面板緊接著跳出，面板上寫著——

『恭喜您！您成功完成了任務：【山賊擊破戰】。』

『可獲得的獎勵有：【200000】創世幣、【山賊擊破者】稱號、萌咩羊套裝×【1】、精製補血藥×【20】、名聲+【10】。PS：團隊可選擇單一裝備的收取者，名聲及稱號統一加取。』

在萌咩羊套裝的獎勵後方有個下拉式選單，選單裡有「扉空」、「伽米加」、「座敷童子」、「杦木童子」四個選項；獎金、補血藥的項目後方也各有他們四個人的名字，名字後方有個可以輸入數字的空白欄；而在視窗的最下方，則有個確認鍵。

「後面有選單的是可以挑選收取者的名字，我想現在杦木和座敷那裡應該也跳出這個面板了。看，座敷她已經先選了。」

扉空一看，確實看見套裝後方原本還沒選取的方格已經被「座敷童子」這名字占據了。

突然，一個通訊螢幕在扉空的獎勵面板旁邊跳出，是杦木童子和座敷童子，兩個人看起來相當興奮。

「扉空哥哥，套裝說好的我要了喔。然後獎金的二十萬全部給扉空哥哥，補血藥由扉空哥哥和伽米加哥哥去分配就可以了，我和杦木不用。」

「咦？好……」

「話說，扉空哥砍了那個欠扁的傢伙是嗎？」柩木童子好奇問。

「不，是他直接投降。」

「咦！？可以投降嗎？」

「看起來好像是可以。」扉空瞄了一眼前方開心得單腳旋轉跳舞的男子，他的視線移回面板上，在自己名字後方的空格填上「200000」，同時，上方的賞金金額也瞬間歸零；補血藥二十瓶他則全給了伽米加。

扉空設定好獎勵收取資料後，對著螢幕上的兩個孩子說：「那獎勵就這樣定了，我們等一下就出去。」

「好的，沒問題。我們在外面等你們，要快點出來喔！」

雙胞胎揮揮手，螢幕也在同時關閉消失。

扉空按下面板的確定鍵，他瞥了伽米加一眼；伽米加則是遲疑一會兒，最後只能無奈戳鍵。

▶▶Loading...

第八伺服器

你和我們在一起時，開心嗎？

「啊！扉空哥哥！」座敷童子對著從宮殿走出來的少年用力揮手。

扉空一走下階梯，座敷童子立刻迎上前，拉著他的手說：「扉空哥哥，這次的任務很感謝你的幫忙，多虧了扉空哥哥和伽米加哥哥，任務才能順利完成。」

「扉空哥你……」枕木童子一看見兩人身後跟著的不速之客，立刻指著那人怪叫：「為什麼那傢伙也跟著出來了！？」

「他自己跟來的。」扉空面無表情的秒回。

伽米加倒是比較有良心的做出詳細解釋：「因為他投降之後就解除山賊首領的職稱了，似乎他本人也挺討厭待在那個地方，所以就一起出來……」

「轟隆隆——」

突如其來的巨響讓所有人順聲望去，只見原本直挺挺的宮殿像是底部被安裝升降梯似的慢慢旋轉下墜，最後整座宮殿沉入地底。

巨大的洞口從兩邊延伸出與四周相同的草皮門。

「啪咚！」

草皮闔上，完美得看不出那裡剛剛還是個地洞窟，就連相接的縫隙也無法找出。

「……還好我們先出來了。」

「難得同感。」

意外的插曲打斷伽米加與柀木童子原本的交談。但當柀木童子回神之後，明顯對男子有意見的他立刻板起臉，「這樣說來的話，是個Team的我們要談正經事，毫無相關的人快滾蛋了吧！」

「嗯……當然，毫無關係的人……」男子停止下意識的附和，他笑著搭上柀木童子的肩。不知道是不是成人與小孩的力量有所差別，柀木童子發現自己竟然無法掙脫那隻手掌，最後只能臭著一張臉瞪著眼前笑得很賊的男子。

「說什麼毫無關係，這兩位先生可是幫忙我脫離那個極惡地獄的超級大善人，因此，剛剛一路上我思考了很多，想想平凡人群總是需要一名優秀的領導者，在下我『愛瑪尼』就發揮我友愛兄弟……」

「愛瑪尼？」

「喔，我的名字，愛瑪尼──『Love money』！夠屌吧！哈！」

愛瑪尼食指靠在即將飆髒話的柀木童子的脣前，極端自戀的說：「你什麼都不用說，你想誇獎什麼我都懂。」

——你懂個屁啊！我是要用髒話問候你啊啊啊啊——死大人！死大人！

枕木童子拍掉身上的雞皮疙瘩，像是洩憤似的朝著草地死命踩踏。

愛瑪尼轉了個圈，他的手順勢搭上扉空的肩，在被扉空飛踹一腳後又轉轉轉的搭上伽米加的肩。他拍拍獸人的胸口，再敲敲自己的胸口，裝熟道：「好兄弟。」

「呃……」

這次伽米加真的不知道該回答什麼了，只能苦笑。

不等伽米加做出回應，愛瑪尼又像是跳芭蕾般的跳跳跳到座敷童子身旁，不過這次卻是在即將觸碰到女孩之前，不知何時叫出「白白」抱著的座敷童子露出爛漫笑臉，然後緩緩說出寒徹他脊椎的威脅——

「大叔，隨便碰我的話我會告你性騷擾喔。」

「咦？」

「或是猥褻和性騷擾你可以挑選一個挨告項目，順帶一提，會被抓去關呢，大叔。」

「耶？」

座敷童子偏了下頭，她眨眨水汪大眼說：「聰明的小孩是不會隨便上當的，而且有基本的法律常識。大叔，誘拐未成年的兒童罪更重喔，你已經三度言語騷擾了，還是說你想要直接被白白揍？」

「什麼白白……噗——」

愛瑪尼連看都還沒看清楚，朝著他迎面飛來的就是一個白花花的拳頭——外表輕柔如棉，實則硬如鋼。

——剛剛那個到底是什麼！？

愛瑪尼被揍飛三公尺，落下後還在地上打了好幾個滾。

原本被座敷童子抱在懷裡的白兔玩偶跳出懷抱，雙腳直立站在地上。

白兔扭扭頭、動動腳，原本五十公分長的身體瞬間增長到一百八十公分，體態看來就與一名成人差不多。它黑色點豆般的眼睛看不出情緒，只是直直盯著那剛剛被它打飛、此時正努力掙扎爬起的人。

扉空一貫冷冷的表情有些鬆動，心想：等等，那個東西是當初他接到的那只布偶嗎？確定那個真的是布偶嗎！

「幹得好！騰蛇，快揍死那個討人厭的傢伙！」枕木童子激動呼喊。

「說了不要喊那個名字！威士比，白白是威士比啦！」座敷童子瞪了枕木童子一眼。

不過枕木童子根本不在意。因為他現在心情超好的，所以他也不跟座敷童子多做計較。

原本應該是沒嘴巴的布偶突然裂出一條嘴縫，好似要用什麼厲害招式對付眼前這個不知好歹的傢伙，黑黝黝的空間慢慢的有個東西冒出頭，然後白兔一個使勁——

棉花瞬間就像嘔吐物一樣跑了一堆出來。

「啊啊啊啊——」

座敷童子晴天霹靂的慘叫一聲，她趕緊跑到白兔面前，用兩片膠帶封住那張拚命吐棉花的嘴。被封住嘴的白兔偏了下頭，它撕下膠帶，原本裂開的嘴巴也瞬間完好如初的黏合。

座敷童子輕聲斥責：「我不是說過在白白體內的時候不可以用嘴巴吐火？怎麼就是那麼不乖。」

——原來剛剛它是想吐火嗎！

愛瑪尼瞬間有種死裡逃生的感覺，他拍了拍胸口安撫一下情緒，輕咳一聲，小心翼翼的喊了聲：「妹妹……」

白兔拳頭再次飛來！

「慢著、慢著，我什麼都還沒說啊！唉呦喂！別打我的臉，我靠臉吃飯的……唔噗！不過是只玩偶還敢那麼囂……呀唔……對不起！對不起是我錯了！最最最帥的玩偶大人！」

白兔重踹愛瑪尼一腳後，轉身走向座敷童子，不過卻在半途停住腳步，它側頭回望，那雙圓滾滾的黑豆眼就這麼盯著愛瑪尼。明明白兔沒有嘴巴，卻不知它從哪裡吐出與形象不符的低嗓：「要是你敢再騷擾座敷大人，我會直接燒了你。」

——活生生的威脅啊！

愛瑪尼被嚇得說不出任何一句話，只能拚命揮手表示自己絕不會再有「騷擾」性質的動作。

「威士比，我不是說過在白白體內時要乖一點？你看腳腳和手手都髒掉了。」座敷童子嘟起嘴，拉住白兔的手腳小心翼翼的拍打髒汙，一會兒過後，她說：「嗯……你還是先回來好了，這樣踩著根本沒辦法拍乾淨。」

白兔低下頭，好似在思考，然後它點了點頭。下一秒白兔的身周散發出金色的輕煙，之前扉空見過的式神再次現影，隨後式神化為光點飛進座敷童子的紋身裡消失。

座敷童子抱住恢復原有大小的癱軟玩偶，坐在地上開始幫白兔清理髒汙的毛髮。而愛瑪尼則是因為剛剛受到的威脅變得不敢再接近座敷童子，他視線爬啊爬的爬到樹陰下的人影身上。

「那位火辣辣的小姐～」

「碰！咻——」

子彈再度擦過愛瑪尼的臉頰，擊毀後方三棵直排站的大樹。

愛瑪尼灰溜溜的摸了摸鼻子，瞬間閉住他那聒噪的嘴，變得安靜無比。

「雖然比不上座敷妹妹，但是能讓你永久噤聲的招式還是有的，想嘗試看看嗎？」

愛瑪尼搖頭搖得如同動動機，他用手指在嘴線上做了拉上拉鍊的動作，表示自己絕對不會再多嘴。

在愛瑪尼因為威脅而終於四周清靜時，扉空也將視線落在荻莉麥亞身上，他疑惑的說：「我以為妳走了。」

「本來是想走的，畢竟我要找的人不在這裡，那麼就只能繼續往下個地方找去。不過座敷妹妹剛剛對我提出了非常有趣的建議，我考慮了一下，覺得有可行的空間。」

「建議？」

「是的，座敷妹妹向我提……」荻莉麥亞朝著雙眼帶光的座敷童子望了一眼，微笑說：「組隊的請求。就某個方向而言，人多也許會好辦事。」

「多些同伴確實好找人。妳要找的人是誰？」

伽米加的詢問讓荻莉麥亞沉默了一會兒，她抬起眼眸，聲音輕如嘆息：「血榜第一人……『炙殺』。」

在《創世記典》這個世界裡，玩家們各有「白神羽」、「綠凡名」及「紅血榜」三個區分歸類，而劃分歸類的依據，就是「名聲」。

從一開始平凡降生的初生者，就是處於綠名的狀態，也就是平凡性質的玩家，沒有另類的傑出表現，也沒有做出任何扣罰名聲的事蹟。遊戲裡面大部分的玩家都是保持著綠名直至遊戲終結，不過當然也有以提高名聲為目標的玩家。

在接洽高等任務或是團隊任務偶爾會出現提升名聲的獎勵，當名聲提升到一定程度時，資訊板裡這一類玩家的名字會由綠色轉為白色，並且可獲得一枚單羽白翅徽章，玩家可以將徽章實體化裝飾於身上任何地方，也證明自己的名聲地位，這一類人就被歸類於「白神羽」。

至於「紅血榜」，顧名思義就是名字紅如血，實質原因則是因為在非武鬥區域砍殺過多的玩家導致名聲降至負數。當名聲轉負，玩家的名字就會變成血紅色出現在頭頂，並且中央城的紅血榜單也會開始出現排名，到時或許會變成人見人閃的對象，或者常有單挑人士前來下戰書而導致煩躁不已。當然，樂於沉溺在這種變態目光裡而特意讓自己變為紅血榜的人，也不在少數。

另外，如果是在《創世記典》內設的競鬥場，或是決鬥區域，就算砍殺玩家也不會有扣名聲的懲罰，因此許多在現實積怨已久，或是「砍爽快」以及「希望被砍爽快」的人就會相約來競鬥場打上一架。

一樣米養百種人，有人愛砍人，有人喜歡被砍，也不好多說什麼。

而荻莉麥亞所說的「血榜」就是「紅血榜」的簡稱，另外也有「紅單」或「血單」的旁稱，基本上指的都是這些紅名的玩家。

之前伽米加曾經跟他稍微解釋《創世記典》的現狀，所以扉空知道白羽、綠名及血榜的分類，在中央城鎮其實他也多少聽過「炙殺」這個名字。

不過為什麼荻莉麥亞會想找殺人如麻、負名聲第一的炙殺？

這點不只伽米加，連扉空也很好奇。

或許是看出扉空的疑問，荻莉麥亞直接做出解答：「私人恩怨。」

既然是私人恩怨，他也就不好問太多了。

「剛好扉空也要找人，不如就一起行動吧。」伽米加笑咪咪的提出另一項建議。

「你也要找人？」荻莉麥亞好奇的詢問。

——這個死伽米加，沒事扯他進去幹什麼！

煩躁的在心裡罵了數句，扉空最後還是硬著頭皮，點頭。

「扉空哥也是要找私人恩怨的嗎？」椛木童子好奇問。

「呃……不，不是……」

「不是私人恩怨，就是朋友囉？」座敷童子抱著兔偶，睜著大眼，盯著他看。

「也……不是……」

「咦，我一直以為你要找的是朋友耶！？原來不是朋友啊……」伽米加摸了摸下巴。

他那嘆息的語氣是怎麼一回事，他愛找誰關他什麼事了！況且都要分別了，說了也沒用吧？

雖然他開始有點覺得和他們待在一塊兒沒什麼不好，反而讓生活有趣許多。

扉空淺緩的長呼吸，隨意的揉揉髮，無法下定的決心讓他很煩躁。

「怎麼不說話了，不會又是個什麼人的秘密吧？」伽米加拍拍扉空的肩，語重心長：「既然是團隊，有什麼話是不能說的？雖然大家都是注重隱私的人，你不想說也是可以不用說，不過說出來你要找的人是誰，大家也好幫你呀，至於找的原因可以不用說啦，嗯嗯！」

「……伽米加。」

「嗯？要說了？」

扉空抬起頭，直直對上伽米加的雙眼，嚴肅的樣子讓伽米加怯得往後一退。

「怎、怎麼了嗎？」

「還你錢。」

「咦？」

扉空叫出交易面板，而伽米加面前也同時跳出相同的板塊。

——結果這一天還是要來了嗎？

——分別。

伽米加笑得苦哈哈，他做出最後勸說：「呃嗯，扉空，其實不用那麼早還錢也不要緊，反正還錢期限又還沒到，況且……」

「我討厭欠人。」

扉空的一句話讓伽米加變得有些尷尬。

「呃……」

「當初是逼不得已，要不是想買件拚過你的衣服，我不會欠別人東西。」

「嗯……」

因為只要一欠，他怕自己會還不起。伽米加的有情有義他都懂，只怕到時他會越欠越多。其實他，一無所有。

在離開那個地方的那一天，他就丟棄了一切，有時候連他自己都很害怕，因為他不知道自己是不是還有心。

扉空在金額處輸入一串數字，按下確認鍵，交易成功的提示聲在他耳邊響起。扉空關掉顯示著「交易成功」字樣的面板。

「所以扉空哥要自己走嗎？」杦木童子有些著急的問。

「為什麼要走呢？我們還打算邀你一起組隊的，現在走的話隊伍就少一個人了。」座敷童子跑到扉空跟前，緊握住他的手，她懇切道：「我和杦木都很喜歡扉空哥哥，和我們組隊，好不好？」

荻莉麥亞沉默的注視著扉空。

扉空能感受到拉住自己的力量是急切的，但他卻不知道該怎麼回應。或許一開始就已經有答案了，只是他不敢說。

他也不知道該如何說。

扉空在無數思索間垂下了眼。許久之後，他終於開口，輕聲低語：「我會來到《創世記典》只是因為碧琳的一句話，她希望我能在這裡找到她藏著的寶物。但是她卻不知道，對我來說唯一無二的寶物就是她，她藏著什麼東西其實不是那麼的重要。」

他對其他人無法提起一絲關心，即使他有情緒也不願讓人見到，他是笑著或是哭著根本都毫不重要，只要碧琳開心，那麼對他來說就是喜悅的。但是……

「但是不知道從什麼時候開始，我覺得玩遊戲，在這個世界裡，和其他人相處並沒有那麼的不好。」

他記得很久之前，碧琳向他說過——

「如果沒心就不會生氣，也不會有開心的感覺，哥哥明明就會笑、會生氣，這麼真切的心，只要仔細聽就會聽見。不是沒有，只是過於細微讓你忽略了而已，因為哥哥你總是藏著一張臉嘛……但是不管是什麼樣的哥哥，我都很喜歡，哥哥你一定要永遠記得不能忘，碧琳我啊……最喜歡你了。」

他看到女孩，總會感到心痛無比，所以他才會期望自己沒有心。但是現在看來，他藏得有些失敗，因為那顆心總是有意無意的冒出來。

「扉空哥哥。」

扉空看著座敷童子，看著她抬起頭，看著她用溫柔無比的眼神望著自己，那雙握著他的手從未放開。

「我和杦木喜歡這個世界，不僅僅是因為那個人送給了我們前往這套遊戲的通道，也是因為我們喜歡這裡……我們喜歡扉空哥哥、喜歡伽米加哥哥、也喜歡荻莉麥亞姐姐。雖然認識不久，但是和你們相處的時候真的真的很開心，扉空哥哥也是這樣覺得吧？你和我、和杦木待在一起時，開心嗎？」座敷童子問著。

「我……」

「院長曾經告訴我們，『因為單純的喜歡而在一起是最幸福的事情』。對扉空哥哥來說，待在這裡的理由是什麼呢？」

座敷童子的問話，讓扉空彷彿被重重一搥。

他在這裡待著的理由是什麼?還是當初那個找尋寶藏的單一理由嗎?

還是……

「如果覺得和我們在一起很開心，為什麼不能繼續留下來呢?」

他知道的，在不知不覺間，他已經開始變得想要在這個世界看更多、認識更多……和這些人聊更多。

和他們待在一起時開心嗎?

很開心，他真的、真的覺得很開心。

但也因為如此，他害怕的是與他們相處越久便越習慣，那麼如果到了必須真正分離的那一天，他不知道自己是否真的能夠承受。

可是他真正該注視的並不是分離時的膽怯，而是與他們當下相處的每一刻。

他是不是要因為害怕而放棄與他們繼續前行的機會，恢復他那獨自一人用著面具遮掩自己的生活?

他可不可以去握住那一點自己想要的東西，一點自己想要去做的事情?

如果可以的話，他想要繼續和他們待在一塊兒，一起前行。

扉空深吸口氣，終於下定了決心。他抬起眼，說：「伽米加，借我一塊錢。」

「咦？」

「別拖拖拉拉的，快點。」

「喔，好。」

這次換伽米加叫出交易面板，他在金額地方輸入「1」，然後按下確認鍵。

交易成功的聲音再次傳來。

「你怎麼突然要借一塊錢？」伽米加搔頭問著。既然要借一塊錢，那剛剛少還他一塊錢不就好了？

扉空手一晃，指間出現了一枚金幣的實體，那是《創世記典》的通用貨幣，背面是金額，正面則是中央城鎮的浮雕。

「突然想起來之前在城裡看到了想買的東西，不過還完錢之後才發現我手上剩下的金額要支付售價還差了一點。」扉空的這句話有幾分真、幾分假，聽不出來，「向你借的這一塊錢，我會還。期限你自己訂，超過期限加倍也沒關係。」

伽米加一愣，他還沒會意過來，扉空又再度開口，不過這次的話卻讓伽米加訝異不已，因為這是他第一次聽見扉空的坦白。

「我要找一個人，但我不知道她在這裡用的名字，也不知道她的種族。我唯一的線索就是艾爾利帕安這塊大陸，還有她在這裡藏著一樣東西等我去找出來。」

「那位……『碧琳』嗎？」

扉空點頭。

「那……她是你的……？」

「妹妹。這世界上沒有任何一樣東西比她來得重要。」

──碧琳，哥哥可不可以……可不可以帶上一些朋友去找妳呢？

──在這個世界裡與妳見面的那一天，哥哥也想告訴妳，告訴妳我在這裡所找到的，那些曾經失去過，卻也獲得的東西。

──雖然遠遠比不上妳，但對現在的哥哥來說，卻也是重要的東西。

──哥哥想要讓妳認識這些人，告訴妳在這裡我看見了什麼，那美如夢的櫻花山坡，白如雪的花海，還有那看似寒冷卻是溫暖不已的雪山……好多好多，好想快點見到妳，在這裡的妳是誰呢？又是怎樣的模樣？

——好想知道。

——好想快點見面。

「扉空哥的妹妹是什麼樣子的人呢？」枕木童子好奇問。

「是個……很溫暖、很溫柔的人。」

是個即使疼痛也吞著，不敢讓他擔心，總是用笑臉面對他，用著溫柔的聲音支持他、安慰他，讓他心底溫熱不已，卻也心痛的人。

「跟萱媽媽一樣是個溫柔的人呢，哇……好期待見到碧琳姐姐喔！」座敷童子笑著說。

看著扉空堅定的雙眼，伽米加放鬆的笑了，提議：「這次還錢的期限乾脆就訂在……」他晃著手指在荻莉麥亞和扉空之間來回指著，「兩位都找到人之後吧。」

隨後伽米加伸出手，他手背朝上，問：「那麼……要加入隊伍嗎？」

座敷童子和枕木童子率先搭上，他們歡呼：「我們要！」

荻莉麥亞走上前，放上手，微笑說：「那麼之後還請多多指教。」

空缺的位置還少一人，伽米加挑眉對著少年喊了聲：「扉空。」

「扉空哥。」

「扉空哥哥！」

扉空注視著那望向自己的四人，那個缺少一人的空位，他闔上眼，等到雙眼再度張開時，他上前走向那屬於他的位置。

扉空將右手放在前方交疊的手上。

「請多多指教了，扉空。我是荻莉麥亞，種族是森翼妖精，職業是聖槍王。」身旁的荻莉麥亞對他微微點頭。

扉空微笑著，「嗯，請多多指教。我是扉空，種族是冰精族，職業是吟遊詩人。」

「我我我、我叫做座敷童子，種族是人族，職業是陰陽咒師！另外還有副職業是和歌詩人，如果你們誰有興趣想學習和歌，我可以當和歌小老師呦！」

座敷童子在興奮喊完自我介紹後，緊接著是枚木童子。

「我是枚木童子，也是人族，職業是武士，至於副職業則是園藝工……喂，你們那是什麼眼神啊！」

露出複雜神情的三位成人趕緊搖頭，表示自己沒有其他意思。

伽米加咳了聲清清嗓子，打破剛剛的尷尬，他露出爽朗的笑臉，「好，至於我伽米加，看形象就知道是獅獸人族，職業是……秘密。」

瞪眼瞬間掃了八枚過來。

「哎呀，別這樣嘛！反正我用的武器跟職業也沒關係，說穿了我的職業名稱是掛好玩的，不過那也不是很重要的事情，反正團隊確立。」伽米加看著眾人，他的聲音震盪人心：「之後不管遇到什麼事情，都別忘了身邊還有夥伴支持著，我們會像朋友，也會是家人。」

——家人嗎？

——真是個溫暖的詞彙。

扉空靜靜聽著伽米加說的話，座敷童子和杦木童子興奮的附和，荻莉麥亞也輕聲回應著。這樣的溫暖，他想讓碧琳也一起感受到。

突然，一隻手從一旁的隙縫竄出搭在交疊的手掌上，那是因為噤音而被忽略許久的愛瑪尼。

「剛剛的致詞真是說得太好了，我真的非常感動。好，我決定了！為了這單純而美麗的友誼，我就勉為其難的加入你們這個團隊，成為領頭的隊長吧！」

愛瑪尼說得慷慨激昂，自我感動得頻頻拭淚，但其他人卻很不賞臉，直接抽出交疊著的手掌，轉身就走。

枚木童子更是直接扔下一句難聽卻足夠表達心中憤怒的謾罵：「吃●去吧！」

「你、你們好過分……」

愛瑪尼難過的拭了下淚，但在看見掌心下還遺留著一隻獸掌時，他瞬間雙眼發光。

伽米加發現到原地只徒留自己一個，才剛準備轉身跟著落跑，誰知竟然被覆蓋在他上方的手更迅速的抓住肩。那出力之大讓獸人極度訝異。

愛瑪尼嘖嘖嘖了幾聲，雙手用力搭上伽米加的肩膀感動道：「好兄弟，嗯！真有義氣！」

「其實我也想一起跑的。」

「嗯？你剛剛有說什麼嗎？」

「我覺得你還是另請高就吧。」

「我覺得你們的團隊會非常需要我。」

「我們只是個平凡的隊伍，不需要聰明人。」

愛瑪尼瞬間呆愣，隨即他皺起眉，作勢思考說：「我是個非常平庸的平凡人啊～」

——屁話！你之前明明就一直褒自己是聰明人！

伽米加內心難得暴躁吐槽。

但是接下來愛瑪尼卻沒有繼續聒噪，反而是沉默下來。他的異樣讓伽米加微微一愣。

「啊，糟！」

愛瑪尼一聲突然的低喊讓扉空回頭。

伴隨著兩三聲碰碰聲響，粉紅色的煙幕濃濃密布整片草原。

扉空胡亂的揮手想驅散遮掩的煙霧，這些煙讓他看不見其他人在哪裡，只能聽見各方傳來的呼喊聲音，他回喊：「伽米加——座敷——柀木——荻莉麥亞——」

吸入的煙粉讓扉空很不舒服的咳了幾聲，他開始邊走邊喊，因為不確定大家所在的方位，所以他只能靠著剛剛聽到的回應來判斷誰在哪裡。

但扉空也不敢胡亂走，因為不確定情況的危險性，他只能在短距離走繞著找尋其他同伴。奇怪的是，本來剛剛還聽得見的回應卻越來越小聲，然後他聽見幾聲重物倒地的聲音，似乎離自己很近，但卻又看不見人。

扉空用盡力氣喊著，希望能得到回應，但四周卻一片沉寂，毫無人聲。

——其他人怎麼了?還在這陣煙裡，或是已經逃出去了?剛剛聽見的聲音是伽米加還是座敷他們?荻莉麥亞呢?

腦海冒出無數個令他心慌的問題，卻無法得到解答，更讓他沒想到的是身子竟在此時變得有些不對勁。他還沒搞清楚狀況，瞬間，視線分離成無數個疊影，後腦和四肢像是被塞進鐵鉛般的沉重。

扉空努力的晃了晃頭想讓自己保持清醒，但終究還是無法抵抗侵壓身體的異狀，雙膝直接重重的朝前跪倒在地。

——這是怎麼一回事？

——難道……是這陣煙！？

發現自己無法使力的可能原因後，扉空趕緊捂住鼻子，但是身體早就吸入過多煙霧，力氣一點一滴的被抽乾，手腳重到他只能俯伏在地無法爬起。

——為什麼？

——是誰做的？

第一次扉空揚起恐懼與不知所措，但也在這樣的緊張下，他發現自己的意識越來越模糊。

——可惡！

僅存的意識告訴他不可以闔眼，但最後他還是無法抵抗濃濃睡意。在迷糊之間，一雙橘色的跟鞋停在他面前，然後是帶著詢問的女音。

「抓到那傢伙了嗎？」

——抓到誰？

——他們想要抓誰呢？

五感漸漸迷失，令扉空無法得知疑問的結果。

扉空最終還是抵擋不住侵襲的睡意，直到最後一絲光線消失，只能任由自己被黑暗侵襲，陷入被隔絕的寂靜裡。

▲▲▲◎▼▼▼

在被粉色煙幕襲擾的草原，一名女子踩著十公分高的跟鞋毫無阻礙的走在煙霧裡，面容因戴著防毒面具而看不清楚，唯一可見的是那頭如同柑橘般的亮麗長髮。

跟隨在後的是一隻同樣戴著小型防毒面具的白貓，隨後白貓輕巧的躍上女子的肩。

女子順了下白貓下頸的毛，她停在已經陷入昏睡的扉空前方，沒有其他動作，只是直盯盯的看著，思考著什麼不得而知，直到另一道身影瞬移出現在她身旁。

那是一名身穿青藍色系休閒服飾的男子。

「抓到那傢伙了嗎？」

「當然，這次就算他跑得再快，在這煙裡可是派不上用場的呦～」

「碰」的一聲，已經翻白眼的愛瑪尼被扔在地。

「浪費我們那麼多時間，明明就叫會長直接把他的腳綁起來，會長就是不聽。看吧，胡亂跑走了三個月，增加我的工作量，現在還要出動我們來綁人，我還有一堆任務沒打耶。」女子煩躁的扒了扒髮。

她踹了愛瑪尼一腳，但看得出來她並沒有用力，只是做做樣子發洩一下情緒而已。

「沒辦法，誰叫青玉去出任務了。對了，這些傢伙要怎麼辦？」

風吹霧散，露出躺地昏睡的其餘五人。所有人都被放倒，無一倖免。

「嗯……」女子手指摩挲著脣思考著，「看起來好像和這錢鬼是相關人士，在分清楚是敵是友前，我看就……一起帶回去吧。」

男子一愣，「全部嗎？」

「是啊，全部，總不能放幾個在這裡吧？況且既然和錢鬼有關，而且又是被『愛里巴里古自作孽不可活之漂亮睡粉紅煙』放倒的，就帶回去給會長發落吧。焰，搬得動吧？」

「就算我說沒辦法，妳還是會要我分趟搬完吧。」被稱為焰的男子挑了下眉。他攤開掌，一把琴首刻畫著龍騰的古弦琴憑空出現。

男子撥弄幾弦，低震的弦音捲起四周的葉片及狂風，將昏睡的六人托起。在風的包裹下，扉空五人及愛瑪尼立刻被包在一顆圓形的風球體內。

「那麼回公會去吧。」

女子抽出一張傳送符，她高聲喊道：「傳送，公會——『白羊之蹄』！」

光影乍現，草原上的所有人瞬間消失。

▲▲▲◎▼▼▼

路旁，一輛銀色的轎車停放在原地已經有段時間，但卻未見任何人開門下車。黑漆漆的玻璃窗讓人無法看清楚車裡的情況，但可以確定的是車裡坐著人，而且似乎在等待著什麼。

一名有些駝背的中年男子來到轎車旁，恭敬彎腰。

「打擾了。」

後座的車窗移下，露出臉的是名女子，因為戴著墨鏡而無法看清她的面容，但是從臉廓和套裝窄裙下露出的修長腿線，可以感覺得出來她是個漂亮的人。身上的白色外袍則暗暗透露女子的工作可能與實驗性質有關。

「生意如何？」女子隨口一問。她的聲音是種偏低的女嗓。

「託您的福，過得去。」駝背男子誠懇的回答完後，將手上的紙袋雙手遞上，「這是您要的東西。」

女子收下男子的紙袋，她將袋裡的紙張抽出一角看著，邊說：「記住，這件事不能讓任何人知道。」雖然她的語氣平和，卻帶有濃濃的威脅。

「這是自然的，請放心。」

「錢我一樣匯進你的戶頭。」

「感激不盡。」駝背男子低頭感謝。

同時，黑窗升起，再度隔絕出車裡的單一空間。

女子摘下墨鏡，露出一張絕美的豔麗面孔，但一反面容，女子眼裡透露出的卻是反骨的張狂。

她——林月抽出紙張閱讀著上頭所寫的資料，嘴角揚起一抹邪棼的角度。

前座的男子看了眼後照鏡，聲音裡有著猶豫：「月，這次的要是再……」

塗抹著紅豔色調指甲的食指從後探出抵住男子說話的嘴。

林月整個人傾身靠在椅座旁，近到男子幾乎可以聞見她那黑色髮絲散發出的馨香，令他幾近迷旋。

「不會再失敗的，因為我有預感，這次的人將會帶領我們前往成功，我可是等不及呢……」

林月紅豔的脣揚起一抹扭曲的弧度，如同預告暴風的到來，她露出陶醉的笑，「啊啊，好期待，柳方紀那自視甚高的臉要是露出絕望，不知道會是什麼樣子呢……」

想起那曾經的過往，林月瞇起眼，音調也跟著拉高：「我要，讓他只能匍匐在我腳下、被我踐踏在腳底，讓他後悔當初所做出的決定。」

林月隨手將資料放置在身旁，重新戴上墨鏡，掩飾眼裡的情緒。

「開車。」

透過後照鏡看了眼林月，男子神情複雜。

男子重新發動車子，將車子駛回車道。

在閃爍的光影下，座墊上的紙張隨著光影一明一暗。那是某個人的個人資料，只見上頭夾著一張照片，照片裡是一名留著銅紅髮色的少年，而名字的欄位則是寫著——

科斯特・桑納

隨著川流般的車陣，銀色轎車很快就消失了蹤影。

如同從未出現。

Logging……

▶▶Loading...

番外

【伽米加】
小雞噴帽，軍人的雪恥

這是個發生在與雙胞胎相遇之前，一位獅獸人為了獲得肯定的辛酸血淚史。

自從伽米加拿出了臨時給自己出包變成鞭子的教鞭，被扉空貼上「ＳＭ」的標籤之後，軍事愛好者的伽米加也想要雪恥啊啊啊啊——

他才不是ＳＭ愛好者！他只是單純覺得軍裝就該配教鞭才有威嚴感。而教鞭會變成鞭子的機關也只是因為好玩才接受武器店老闆的建議，誰知道那腦滿腸肥的大叔根本不安好心，難怪那天他去取貨時老闆賊笑得跟什麼似的。

伽米加重重的嘆了一口氣。

「那我先下線了。」

扉空突然的話語讓他微愣，隨即伽米加回神點頭，他道別：「已經早上啦，我都沒發覺，那晚上見。」

扉空隨口應了聲，化為粒子消失在樹林裡。

在扉空走了之後，伽米加張望四周，確定對方應該不會突然又上線冒出後，他像是下了什麼決定般，用力點了頭，然後雙手握拳提至身側，轉身「一、二、一、二」的喊著，朝著中央城鎮的方向跑去。

其實他有傳送符，可以直接使用瞬間前往，但是只要想想這其實沒有多遠的距離就要浪費一張符，他總覺得沒那必要，這段徒步距離就當練身體吧。

伽米加進入中央城鎮之後，完全沒多看一眼門前的地攤，他直接穿過擁擠的人潮，邊跑邊跳的來到服飾店。

「呦～歡迎光臨，請問有什麼需要的？」俏麗的老闆娘一樣咬著菸斗出來迎接。

「我想要訂做一件讓人驚豔的裝飾，與我這身軍裝相配，讓我擺脫別人不屑的目光，走領時尚潮流的尖端！」伽米加說得慷慨激昂。

沒錯！他這次一定要訂做一樣超越教鞭的物品，他要讓扉空徹底發現他錯了，他才不是ＳＭ愛好者！

老闆娘挑眉，上下打量著伽米加的全身。她繞著他走了一圈，菸斗一邊敲了敲那軍裝的袖領，最後她停在伽米加面前，嘖了兩聲：「這軍裝的品味是差了些，哪裡買的？真是不入流。」

「……不就在妳這裡訂做的嘛。」

聽見伽米加的回答，老闆娘先是一愣，但她仍不慌不忙的摩娑著菸斗的細身，毫不在乎的點頭道：「大概是以前的作品吧，生意太好難怪沒什麼印象，不過這也證明我們服飾店是每分每秒都在進步，舊的作品我們是絕對不會留戀，不停的創新才能引領時尚潮流！」

說到此，老闆娘瞇起塗抹著紫調眼妝的鳳眼道：「就算是舊的作品，只要搭配上正確的新物品，保證您絕對可以改頭換面，您說一，絕對沒有人敢說二！」

完全沒發現老闆娘的話裡有哪一絲不對勁，伽米加讚聲：「喔喔喔——」

「我覺得您整身都不錯，就是樸素了點，過於簡潔也不是很恰當。」老闆娘從桌底掏出十幾本型錄攤開在桌面，指著上頭的物品道：「不如參考一下這個，搭配上這身服飾也算合，而且又能有畫龍點睛的效果。」

「好像還不錯……」

「當然，這一款搭配上來也滿推薦的。另外，我們目前在進行換季促銷的活動，如果有會員卡可以打八折。如果沒有會員卡也沒關係，集點之後，滿額一樣可以換取會員卡，可以在下次消費時使用，很划算的。」

伽米加愣愣的點頭，他看著眼花撩亂的型錄雙眼放光，老闆娘不停慫恿推銷的聲音就像漩渦一樣將他捲了進去。

為了讓扉空瞧得起，伽米加終於摔坑一去不回頭了。

至於成效有多大？就等下次上線見分曉啦！

▲▲▲◎▼▼▼

藍色的粒子化成人影，扉空站在上次離線的森林裡，左看右看就是瞧不見伽米加，他手指靠著下巴，低聲喃喃：「還沒上嗎？這次怎麼那麼晚。」

因為宣傳新歌的關係，他去隔壁的B市跑活動，回到公寓的時候已經深夜了。本來想說伽米加應該早在線上等著了，豈知他完全沒瞧見對方的人影。

突然，草叢傳來的窸窣聲打斷扉空的思考。扉空好奇走近，樹蔭下的人影讓他無法分辨清楚是誰，直到熟悉的招呼聲傳來，他愣住。

人影踏出樹蔭，隨著步伐，金屬碰撞的叮鈴聲複雜交錯。來人上半身穿著七分袖的寬鬆袍衣，長至小腿的白色折疊圓裙被T字型的藍黃色系腰帶固定，其實這些都還好，要命的是頭上那鑲著眼鏡蛇的香菇頭帽，金光閃閃、瑞氣千條。

不只他的眼睛有種刺痛感，那叮叮噹噹的聲音也讓他的耳朵有些受不了。

——老實講，好吵。

扉空收起目瞪口呆的表情，看著一身把獸人身體增大好幾圈的法老服飾，皺起眉問：「人面獅身怪？」

「誰是人面獅身怪！看清楚，是我伽米加！你的同伴！」伽米加激動的捍衛自己的裝扮。

搞什麼這傢伙，怎麼每次不看清楚就把他當怪物，他到底哪裡像怪物！

「你幹嘛穿成這個樣子？」

「你也覺得很帥、很高貴對吧！這是服飾店老闆娘推薦的新款，聽說是冬季最佳設計服飾呢！」伽米加拉著衣服興奮的轉圈。

扉空挑眉，他上下掃了一眼，直說：「我只覺得如果要穿這件衣服，不如選之前那件軍裝，況且……」

「況且？」

「你真的不覺得自己現在完全是一隻人面獅身怪嗎？如果你沒自覺，我可以肯定的告訴你，穿上這件衣服，請別跟我走在一塊兒，我會很丟臉。」

「哪裡丟臉啊！這件是引領潮流的時尚新衣耶！而且什麼人面獅身……●！人面獅身怪！」

伽米加抓著扉空遞來的鐵塊碎片，看著上頭的倒影爆粗口。

該死的，他被服飾店的老闆娘陰了！

幹什麼這武器店、服飾店都在玩他，他覺得心裡好受傷啊……

「看吧，你自己也這樣覺得，人面獅身怪。」

「其實你不用再特地補上那一箭沒關係。」

扉空聳肩，雙手環胸看著將服裝換回軍裝的獅子，沉默許久後，他指著伽米加頭上新冒出的物品問：「那是……」

「呀哈哈，你終於注意到了是嗎！」看起來新裝飾被發現了！伽米加樂了，他趕緊摘下黑亮的軍帽翻轉幾圈，壓著帽頂戴上，閃出一抹帥氣笑容問：「怎麼樣，有沒有更帥了？」

還好他有備用品，這下肯定可以一雪前恥。

「比起剛剛的法老服，這帽子確實順眼多了。」扉空難得坦然稱讚。其實也不算是稱讚，他只是說出實話，比起剛剛那件誇張的衣服，他真的寧願看這頂帽子。

「哈哈，對了對了，聽說這帽子還可以變魔術呢！」伽米加興奮的脫下軍帽，將帽口翻朝上，然後伸手在帽內的中央處按下，他感覺到有種軟按鈕下壓的觸感，「碰」一聲，白煙和彩帶瞬間炸出，噴得伽米加的臉瞬間轉白。

「呵。」

伽米加看著扉空輕藐的笑，他慌張的將手伸進帽裡找探，「等、等等！一定是哪裡弄錯了，不是說魔術帽嗎？怎麼……啊，有了！」

扉空挑眉。

伽米加嘿嘿嘿的低笑幾聲，像是勝利的王者一般高喊：「看著，這就是符合我這身裝扮的完美武器——」

一個物體刷地從空無一物的軍帽裡被抓出來，修長的身軀在陽光下映照發出亮光，伽米加緊握的手伸向前，如同一位握刀的軍官。

「啵給——」

尖銳的聒噪聲如同利刃，瞬間刮破一切寧靜。

兩人安靜無比，風捲起葉片吹過腳邊。

「看起來你已經從ＳＭ愛好者晉升為幼稚腦殘了是吧。」扉空看著眼前的物體，眼裡徹底表露出厭惡及鄙視。

「才、才不是！我只是又被服飾店的老闆娘陰了而已啊啊啊！」伽米加慌忙解釋，他翻著手上長相詭異的長體黃雞，隨著緊張出力，被壓到肚子的雞娃娃又再次發出難聽的叫聲。

雞聲一叫，伽米加更緊張了，他看著越發鄙視、最後留下一聲不明所以的氣音後轉身離去的扉空，整個人五雷轟頂、晴天霹靂。

明明他只是想要一個雪恥的裝飾品好擺脫ＳＭ的標籤……

「為什麼服裝店和武器店都要陰我啊啊啊啊——」

哀號，得到的是一顆硬邦邦的冰塊砸來。

「不要鬼吼鬼叫的，怕別人不知道你的怪癖嗎？ＳＭ幼稚腦殘愛好者。」

冷聲罵完，扉空繼續前行。

更難聽的標籤讓伽米加趕緊扔掉手上的詭異黃雞，把軍帽直接收進裝備欄後，跑著追上前方的人影。

「等等我，扉空！」

「ＳＭ幼稚腦殘愛好者不要叫我的名字，會汙染。」

「我都說了我只是被陰了！」

「是藉口吧你，如果怕被人知道你的怪癖，一開始就不該獻寶似的拿出來。」

「不是啊啊啊——我真的是被服飾店的老闆娘惡整了啊啊啊——」

伽米加的解釋根本沒人聽，最後他「咚」的一聲跪在地上，身上彷彿被壓了數百斤的黑線，讓他的腰完全直不起。

雪恥捍衛第一計畫——最終還是只能以慘敗收場。

只能說買東西付帳之前要先看清楚內容物，不然真的是得不償失。

話雖如此，但伽米加並沒有就這樣放棄。

下次！

下下次！

他一定要讓扉空撕掉他狠狠貼上的惡劣標籤！

……不過前提還是他得先找到一家足夠信任的店家。

番外　【伽米加】小雞噴帽，軍人的雪恥　完

▶▶Loading...

番外

【座敷栨木、愛瑪尼】相遇之前

位於《創世記典》北方大陸某座山區的樹林裡，一座古老石梯沿著山勢蜿蜒向上，每隔三十階，石梯旁就可看見一隻穿著袈裟、做出膜拜樣的瓢蟲石像。

兩個擁有相似長相的小孩一前一後踏著石階朝上奔跑，前方身穿粉色和服的女孩每跑一階就再加快步伐，好似恨不得自己會飛，能夠快點到達梯頂；而後方追著女孩、身穿一襲翠綠武士服裝的男孩則是停下腳步，喘了幾口氣之後，他看了眼上方已經離自己好長一段距離的女孩，只能再繼續跑著追上去。

「座敷，妳能不能慢一點？那東西又不會跑走。」

男孩——枚木童子終於忍不住要求前方的女孩停下腳步，讓他能夠休息一下再上路。畢竟這次的行動本來就與他無關，讓他跟著累成這樣子實在是說不過去。

女孩——座敷童子停下腳步，她轉身看著底下喘著爬的枚木童子，嘟起嘴，扠腰不滿的說道：「不管那東西會不會跑走，現在可是分秒必爭呀！要是有人搶先一步把東西都搶光光了，那我哪來的式神可以收。」

沒錯，他們現在會在這座綠意盎然、雜草叢生的超級森林裡，不畏艱難的跑在這座足足有一千零八十階的階梯，完完全全就是因為座敷童子口中的「式神」。

座敷童子的職業是陰陽咒師，顧名思義就是使用陰陽術的神奇職業，而陰陽咒師擁有一項技能，便是能夠收服靈種族的怪物作為「式神」來為己用，等級越高，能收服的式神越多。

而終於在解完上個任務、恰巧到達四十等的座敷童子，等於已經到達了能夠收服式神的門檻。一學會收服技能，座敷童子立刻拖著杦木童子，馬不停蹄的趕來這座幾乎看不見什麼人煙的山區。

她想收的並不是低階的靈種族怪物，收了那些被打一擊就掛掉的魂靈根本沒用，她想要的是能夠長久陪伴的強大夥伴！

沒錯！在這座森林裡有個傳說，據說在山頂的廟宇裡沉睡著曾經在古老傳說中最強大的陰陽師——「安倍晴明」的十二式神，只要玩家有能力讓式神服從，就能讓式神改認新主，說是成為第二代晴明也不為過啊！

像這種耐操又耐打的式神才是她想要的。現在她四十等，可以收一隻，之後等到等級和技能再提升時，她就可以繼續再來收，最後她就能把十二式神全部打包帶走。

喔耶！這樣的話她就等於是《創世記典》最強的陰陽咒師了！到時萱媽媽一定會摸摸她的頭，稱讚她是個厲害的小孩。

看座敷童子露出的陶醉表情，枚木童子不用開口問，雙胞胎的心電感應就自動告訴他現在座敷童子打的鬼主意。

雖然他很不想吐槽，但難道她都沒想過，她想收強大的式神，其他人也會想收強大的式神，在她到達四十等之前，早不知道有多少人已經來過這裡了吧？說不定山上的廟宇現在連一隻式神都沒有剩下，空空的只剩下香爐。

「喔耶！我一定要收一隻超級強的式神！枚木，你快一點喔，不然我要扔下你了喔。」座敷童子朝著枚木童子揮了揮手，她轉身繼續往上跑。

看對方如此興奮的樣子，枚木童子也不知道該怎麼戳破自家姐姐過於美好的幻想，他只能聳一下肩膀，翻了個白眼，跟著追上。

紅色瓦磚東補西破，牆壁剝落白漆，鑲貼門神畫像的大門只剩下一邊垂掛著，另一邊不知道扔到哪邊去了；綠色的雜草和枯黃的稻草鋪滿各處，就連梁柱上都結滿了許多蜘蛛網，大紅燈籠破爛到看不出原樣，只剩下線繩還吊著。

當座敷童子與枚木童子到達山頂時，看見的就是這副景象，用一個詞來形容便是──「破爛到不行」。

外觀看起來超級破爛的小廟，他們從半開的門望進去，裡面連一點燈光都沒有，就算現在是白天，但廟內還是黑壓壓的，他們看不清楚裡面有什麼。

鼻子一陣癢，座敷童子打了個噴嚏。她揉了揉鼻子。

但一點點寒意完全阻擋不了座敷童子極度想要式神的決心。

「走吧，杦木，看看這裡有哪隻式神願意跟我走！」

座敷童子握拳喊了聲「加油」自我打氣，便拖著杦木童子興奮的進到廟裡，跨過掉漆的門檻、走過滿是雜草的髒亂前庭，最後她一個跨腳，兩人進入到廟內。

靠著微弱的陽光實在沒辦法照亮全部的環境，勉勉強強他們可以看見裡面有個供桌和香爐。而供桌與香爐都積了厚厚的一層灰，看起來很久沒人使用了。

座敷童子四處張望，接著開始東奔西跑的翻找，連角落的草堆都不放過，但她卻沒有看見任何像是魂靈的怪物。杦木童子也隨手幫忙翻一下門邊的草堆，不過看得出來兩人的認真程度有差。

最後什麼東西都沒翻到的座敷童子回到了供桌前，看著空蕩蕩的供桌，她鬱悶的說：「不會都沒有了吧，我很辛苦才到這裡來的耶……」

「窸窸窣窣——」

深陷於沒辦法收到強大式神的鬱悶漩渦裡的座敷童子沒發現，但杦木童子卻聽見這微小的聲音。他好奇的轉身走到門邊，朝門外望了望，卻沒見著任何東西。

杦木童子納悶的偏了偏頭，正當他懷疑是自己聽錯時，東西爬動的聲音再次傳來，這次很近，就像是……

杦木童子趕緊轉身，當他看見那一隻眼睛幾乎跟他頭一樣大的巨大紅蛇突然從供桌的陰暗處竄出，迅速的直朝著座敷童子張開利牙時，他向座敷童子慌張大喊著跑去：「座敷！」

座敷童子回過神，一抬頭，連半秒停頓都沒有，立即甩出俐落的一巴掌。

「啪！」

清脆的巴掌聲迴盪在寧靜的廟宇內。

被座敷童子的小手用力打歪頭的巨大紅蛇摔落在地，發出巨響。

看著座敷童子突如其來驚人舉動的杦木童子，則是嚇到一臉空目的停在原地。

座敷童子瞧了杦木童子一眼，拍拍掌心的灰塵，她來到正在緩慢扭身的巨蛇前，繞走著打量，一邊發出「喔喔喔」的驚嘆聲音，最後她停在那瞪著自己的蛇頭前。

「沒想到還有一隻耶，看起來還滿漂亮的嘛，紅色的蛇。」

巨蛇的眼裡出現了一瞬間的詫異，接著座敷童子轉身向男孩招了招手，她開口問：「杦木，你覺得我收牠當式神好嗎？」

「式神？牠看起來哪裡像靈種族的怪物？牠是蛇耶！超級大蟒蛇！而且……看起來還有些奇怪。」杦木童子叫出凰冥刀，用刀尖去戳了戳巨蛇額頭上的凸起物，怪叫：「這隻蛇居然有角和翅膀耶！？不過牠的翅膀怎麼破破的？」

「不要隨便用東西戳人家，沒禮貌！」

座敷童子一把打偏杦木童子還想繼續戳往巨蛇翅膀的武器，她蹲在蛇頭前，輕輕的摸了摸蛇頭上的巨角，瞪了自家的弟弟一眼，「要是牠不做我的式神，看你怎麼賠。」

「妳剛剛沒聽見我的話嗎？」杦木童子比手畫腳，認真道：「牠是大蛇，不是魂靈好嗎？最多最多只能算一隻長角和翅膀的蛇類怪物，不知道等級多少，打一打說不定有寶物可以撿……真奇怪，牠居然沒有等級顯示？」

「牠不是怪物，是式神！」

這傢伙是想式神想瘋了吧，不是在這座廟裡出現的就統統是式神好嗎？不管怎麼看，這條蛇沒一個地方符合靈種族的條件，他看來看去，頂多就是一條大得很誇張、長了兩根角和一副破翅膀的大蟒蛇。枕木童子白了一眼，腹誹。

「蛇蛇，你做我的式神好不好？跟我一起下山，我保證給你吃好又穿好。」

「蛇哪需要穿衣服啊……」

面對開始蹲著對巨蛇做出柔性勸說的座敷童子，枕木童子無言的抓了抓額頭。

「我並不想離開這裡。」突然傳出的聲音，是一種成年男子的低嗓，就像是醇郁的茶品，不澀，卻有些苦。

「看吧，人家說牠不想離開這裡。」枕木童子幸災樂禍的說完後，才發現了哪裡不對勁。

「剛剛那是……」枕木童子瞪著眼望向撐起蛇身、吐著紅色蛇信、幾乎快要跟廟頂一樣高的巨型蟒蛇，他錯愕的手抖著指向巨蛇，「牠、牠牠牠居然說話了！？」

相較於無法反應的枕木童子，座敷童子反而是興奮的跳著喊：「我就知道！我就知道！你是式神沒有錯！」

巨蛇垂下了頭，與剛剛相同的聲音再次傳進座敷童子與枕木童子耳裡：「我並不想離開這裡。請你們走吧。」

巨蛇才剛扭頭想爬走，卻沒想到尾巴突然一個生緊，牠回頭一看，只見座敷童子整個人抱住了牠的尾巴。也因為身材關係，她抱是抱住了，卻沒辦法雙手扣住，還空了好大一個空隙。

「跟我走。」座敷童子很堅持。

巨蛇垂眼，蛇尾抬起一個波浪的弧線，沒辦法抓牢的座敷童子瞬間「咚」的滑落坐地。

滑溜的鱗片讓座敷童子的小小手掌無法抓定。但要知道，看著座敷童子剛剛巴蛇的氣度，要她放棄到手的式神，眼睜睜看著牠跑走，沒門！

座敷童子一個撲上，她再次抱住蛇身。

巨蛇再次抬起蛇尾，座敷童子也跟著重新落地。

一來一往間不知道重複多少次，大蛇最後惱怒了，對著座敷童子凶狠的吐信：「妳到底想怎麼樣！」

「蛇蛇，當我的式神嘛！我絕對不會虧待你，你只要有時候出來幫忙我一下下就可以了。」

「說了我不想離開這裡！」

「你騙人。」

面對座敷童子的話語，大蛇出現了一瞬間的錯愕，牠看著座敷童子雙手扠腰認真道：「如果你真的不想離開這裡，剛剛就不會特地出來，你只要一直躲到我和枚木離開就可以了。」

被看破的巨蛇狼狽的扭頭，身子盤成一圈一圈，像是在逃避般的將頭埋進身堆裡，牠破洞的翅膀也跟著低落的垂蓋在身軀旁。

座敷童子和枚木童子互看了一眼：原來這傢伙有著鴕鳥般的個性啊，不想面對就縮頭？確認這隻蛇沒有什麼攻擊性，枚木童子也就隨座敷童子去了。他直接在門檻上坐了下來，一邊觀察情勢，打算如果有任何不對勁他就出手。

座敷童子完全沒在怕，她完全無視對方與自己相差極大的體積，「嘿呦嘿呦」的攀著蛇身，雙手並用努力的爬上一圈圈的蛇身捲，直到爬到最上面的一圈時，座敷童子跪坐著趴在蛇圈上，看著像隻鴕鳥般埋著的蛇頭。

「不然我們來比賽吧，只要我贏你，你就跟我走，當我的式神；只要我輸你，我就去找別隻當式神，不強迫你。好不好，蛇蛇？」

「只要我贏了，妳就會離開嗎？」悶悶的聲音從蛇圈中心傳來。

「沒錯，我是個誠實的好小孩，不說謊。不過要比什麼我來決定。」

「好。」蛇頭從蛇身中抬起，牠紅色的眼瞬也不瞬的盯著座敷童子，問：「要比什麼？」

紅色的銅鈴大眼近在眼前，但座敷童子完全沒有任何膽怯，反而興奮的拍了下手，伸出縮握成拳的小拳頭，她自信道：「就比——剪刀、石頭、布！」

「好。」

在巨蛇應完答之後，座敷童子突然覺得腳下一陣晃動，她趕緊一步一步跳下蛇身堆，直到腳步落地的同時，她回頭一看，只見紅色巨蛇突然變得透明。一瞬間，蛇身像是被什麼東西吸過去般，變得如同旋轉的煙霧凝聚於中心一點，然後重新構築成一名男子的模樣——身穿半身獸甲，有著狂傲面容的紅髮俊美青年。

青年睜開緊閉的眼，與巨蛇相同的赤紅雙眼凝視著座敷童子，他舉起手——

「等一下！」

座敷童子跑上前，在青年緊迫的視線下，她坦然的拉下那隻比自己大上不少的手，將他的手指彎縮成拳，然後她一邊喊著「剪刀、石頭、布」，一邊將自己的小掌覆蓋在青年的拳頭上。

「這是作弊。」青年面無表情道，但他卻沒推開座敷童子的手。

「才不是，這是小孩子應得的權利。剪刀、石頭、布！」座敷童子笑咪咪的抬起頭，再次用自己的手掌覆蓋青年的拳頭，「我贏兩次囉。第三次如果我再贏，就是我勝利，蛇蛇你就要跟我走喔。」

在說完的同時，座敷童子也鬆開從剛剛一直抓住青年手指、強迫他維持拳頭姿勢的手，她將第三次的決定權讓給他。

「如果有那麼一隻漂亮的蛇蛇當我的式神，其他人一定會羨慕死的。」不知用意為何，座敷童子笑著說完話，也喊出最後一次的「剪刀、石頭、布」。

座敷童子攤開的小手掌覆上青年維持著未變的拳頭。

座敷童子跳腳著歡呼了一聲，她用力抱住了青年，開心的喊著：「我就知道蛇蛇你一定會跟我走！」

「為什麼……」

座敷童子停下跳著的興奮行為，抬頭望著面露複雜的青年。

「為什麼那麼堅持？明明其他人看見我都跑了。」

座敷童子睜大眼，一臉吃驚的反問：「咦！？為什麼？」

「我很可怕。」

長久等待的歲月裡，每個來到這座小廟的人在見到他的真身時都會露出懼怕的神情，那些人選擇了挑戰其他的式神，從未有一個將視線停駐在他身上。

「……你覺得我和你會不會被同一個人收服呢？」

那位最後僅剩、還陪伴著他的友人笑著問。

但這問題根本不用思考，因為結果就只有那一個。

「除非有哪個想不開的一起選擇了我。」

結果，如他所想的，再來的人只選擇了那一位友人，這間大家曾經一起相處、玩鬧的小廟，最後還是獨留他一人。

座敷童子看著面露受傷表情的青年，她眨了眨眼，手指抵著嘴唇，抬頭發出「嗯——」的思考聲音，隨後搥了下掌心，理所當然道：「可是我覺得你很漂亮啊。其他人怕你是因為他們不懂得欣賞！嗯！他們壞壞！」

座敷童子看著面露詫異的青年，她牽起他的手，雙眼裡毫無青年曾經見過的畏懼，反而是自信的笑意。

然後，青年看著她就這麼對他做出保證：「我是個很愛護小動物的小孩，所以你不用擔心我會棄養。我和枚木兩個小孩一起闖蕩世界，你也知道有些大人都欺負小孩子，所以我需要一個厲害的保鑣來保護我們……蛇蛇，你願意成為我的式神嗎？」

「我……」

「如果成為我的式神，我們有兩個人可以陪著你，你就不再是一個人了。」

「我很抱歉，本來希望可以再繼續一起侍奉同一個主人，結果……但我相信你一定會遇見的，不是害怕你的外表，而是懂得你優點的主人。」

那名友人在離去前對他露出歉意的訴說，那時的他根本沒放在心上，因為他知道不可能有人會不畏懼他，但是……

青年看著門邊朝著自己直直望來的枚木童子，以及跟前正抬高著頭、眼露期待的座敷童子，他垂下了眼，並在座敷童子面前屈膝跪下。

「吾為火之神將【騰蛇】，今時在此向汝立誓，吾願追隨汝直至天日終結，並遵從汝等之命令，今後相伴，不離不棄，從今爾後，汝將為吾之主。」

當青年朗聲唸著服從誓言的同時，座敷童子開敞的領口可見一道紅色的花藤圖紋伴隨著隱隱紅光，如刻畫般的出現在她的左胸上方，在花藤完成刻紋後，系統的提示聲響起——

『系統提示：恭喜玩家【座敷童子】收服式神【騰蛇】！』

獲得新式神讓座敷童子樂得幾乎快飛上天了，她用力抱住騰蛇，開心的對著杦木童子炫耀道：「喔耶！杦木你看，我有式神了！」

「嘖，抓著人家的手強迫出拳頭還好意思說。」杦木童子嘀咕的唸完，但看見座敷童子開心的樣子，最後還是吞下吐槽，他上前繞著騰蛇觀察道：「看起來確實挺強的，以後如果要爬樹或是要挖土的時候應該會很好用，重要的是……」

「這樣萱媽媽就能完全放心，我們也可以證明我們是可以獨立的好小孩！」

座敷童子與杦木童子心電感應的說出相同的話語，兩人相視一眼，認同的相互擊掌。

「不過『騰蛇』這名字感覺有點凶巴巴的……」座敷童子托著下巴認真思考，隨後小手搥了掌，她摸了摸騰蛇的頭，笑著提議：「不如這樣吧，從今以後你就叫做……」

▲▲▲◎▼▼▼

在座敷童子收服到人生中第一隻式神，並且將他重新取名的同時，另一邊，中央大陸萌咩羊山區也正在展開一場混戰。

接了「山賊擊破戰」任務的愛瑪尼拿著一把連接著巨大鏈球的龍紋鐮刀，俐落的穿梭在山賊群裡。他一手將鏈球飛甩而出打歪一排山賊，另一手抓著鐮刀，旋身就是一劃！凌光一閃，舉矛衝來的山賊瞪眼看著自己手上在一瞬間被削斷頭的武器。

在山賊錯愕的同時，愛瑪尼抓著其中一支只剩下柄身的長矛，翻身一躍飛上半空，雙手抓著鐮刀與鏈球，落踩在山賊們的頭頂上快跑前衝。

愛瑪尼一邊往前跑，腳下也不停傳出「唉呦」的慘叫，但這些慘叫並沒有喚起他的同情，反而越跑越快、越踩越大力，隨後一個躍步，愛瑪尼踏上宮殿外的石階，一路跑上階梯。在他踏進宮殿外廳範圍的同時，石階底下原本舉矛、殺氣騰騰追來的山賊卻突然停止了動作。

山賊們充滿殺氣的眼神瞬間被迷惘取代，然後一人接一人退回石梯下，紛紛散開離去。

「就知道是範圍性的攻擊。」

愛瑪尼看著離開的山賊們，吹了聲口哨，順便暗暗稱讚自己的聰明才智一下後，轉身跑進宮殿內部。在看見殿內盡頭唯一的通道入口時，他連想都沒多想，立刻邁步跑進去。

這宮殿的整體架構是不錯，放眼望去廳殿遼闊，牆梁也端正美觀，只可惜實在是太樸素，這山賊首領若是讓他來當，他肯定會把這座宮殿裝飾得美輪美奐，讓誰看到誰都稱讚！

隨著愛瑪尼的前進，通道旁的燈火也一盞接著一盞亮起，直到盡頭的巨大石門映入眼簾，愛瑪尼連思考半秒都沒有，下意識的喊出：「芝麻開門！」

千古至今最通用的通關密語立刻見效，只見大門的接縫「刷」的一聲亮起光輝，在愛瑪尼閃亮的眼神下，一邊發出微微震動，「轟隆轟隆」的豪邁打開。

「賓果！」

愛瑪尼開心的彈了下手指，他將鐮刀反轉，握柄靠在右肩上敲了敲，大搖大擺的邁步走進門內。他環視與外頭一樣樸素到不行、只靠著小小的彩繪塗鴉裝飾的廣大殿廳，大喊道：「山賊首領，本大爺以正義之名前來收拾你，乖乖的把錢財全交出來，我還可以考慮讓你死個全屍！」

愛瑪尼話才剛說完，旁邊突然撲出一個黑影。愛瑪尼連來人都還沒看清楚，只感覺到自己武器的柄身傳來一陣強大的扯力，然後暗紅的液體在他反應不及的情況下從他眼前濺過。

愛瑪尼瞪大眼看著將他的武器當成自殺工具的男子，陷入錯愕的空洞。

現、現在是怎麼回事？為什麼這傢伙要搶了他的武器來自殺，這是哪一招！？

「太、太好了……終於來了個替死鬼……我終於自由了……」

喉嚨開了個不停噴血的洞的男子完全沒死亡的恐懼，反而是異於常人的開心，不顧噴血的洞而在那邊手舞足蹈，結果男子最後因為失血過多「碰」一聲倒地，化為粒子消失。

也在同時，愛瑪尼面前出現了一塊系統通知的面板。

『恭喜玩家【愛瑪尼】繼任【山賊首領】職務。PS：獲得山賊首領職務的玩家可任意差遣萌咩羊山的眾山賊們，並且擁有薪資一天【6000】創世幣。』

愛瑪尼看著面板上的文字，摸著下巴陷入沉思。

所以，剛剛死掉的那一位就是山賊首領!?

然後因為山賊首領搶了他的武器自殺，所以現在……他變成山賊首領了？

意思也就是說，現在他可以差遣外面那些山賊，命令他們把這賊窩藏著的錢財全挖出來給他？而且，他一天還有六千創世幣可以領？

「這樣說來，這座宮殿就變成我的了囉！藏在這裡，我也可以好好的來修煉叫賣技能，自由自在的要吃就吃、要睡就睡，完全不用擔心公會那群老是看我不順眼的傢伙一天到晚要把我抓回去關著了！」

愛瑪尼拍了下掌，意外獲得的好處讓他樂翻天，二話不說立刻嘗試自己是否真像面板所說的能差遣山賊。

愛瑪尼大喊了聲：「山賊快來！」

果真沒幾秒，十幾名山賊從門外進入廳內，在他面前屈膝跪下。

「首領。」

——爽啊爽，這才是真大爺！

愛瑪尼咳了聲清清喉嚨，裝出威武模樣，橫手一劃，「本首領我現在要求你們將這裡藏著的所有的金銀財寶全搬來！」

「是！」

沒過多久，愛瑪尼看著眼前滿滿的、幾乎堆滿半間廳殿的大寶箱，他迫不及待的打開，瞬間散出的珠光寶氣，讓愛瑪尼的雙眼都冒出錢幣圖案了。抓起一大把珠寶在臉頰抹了抹，再拿起一根金條放進嘴裡咬了咬，愛瑪尼露出痴迷的傻笑，接著跳進寶箱裡仰躺著，發出嘿嘿嘿的笑聲，就只差口水沒流出來。

對了！既然現在這座宮殿是他的了，還有這滿山的珠寶，他也該好好的將宮殿改造一番，好適合他這位新任的山賊首領，不然這麼樸素，讓人看到多沒面子。

下了決定後，愛瑪尼跳下寶箱，雙眼放光的對著一旁站著的山賊下令：「山賊弟兄們，咱們來改造宮殿囉！」

於是，一個禮拜之後，樸素到只有藤蔓裝飾的宮殿牆壁多了無數的珠寶裝飾鑲嵌，就連原本只有普通透明玻璃的拱型窗口都被改成精美的彩繪玻璃。當陽光一照，彩光反射照耀，金碧輝煌讓愛瑪尼心花怒放。

「沒錯！這才是我的理想宮殿啊！這麼漂亮的宮殿也應該來取個名字……」愛瑪尼摸著下巴思考了下，不過幾秒，他拍手定案：「就叫做『金錢殿』吧！看看，多貴氣的宮殿、多貴氣的名字，這下子肯定讓人看了都移不開目光，哇卡卡卡——」

愛瑪尼爽快的笑著，隨後突然想到一件事，他趕緊從裝備欄裡取出一件有著白色貂毛滾邊的紅披褂披在身後，再從一旁剩餘珠寶的寶箱內翻找出一頂黃金皇冠戴在頭上。

愛瑪尼看了看自己身上的新裝扮，滿意的點點頭，接著他跑進宮殿內，原本樸素的通道也毫無例外的多了一堆金幣串裝飾著整條道路。最後，他停步在大門前，重新設定了通關密語。

「再怎麼說『芝麻開門』這種俗氣的通關密語實在是太沒品味了，讓我來看看取什麼好呢……就……對！」愛瑪尼彈了下手指，滿意道：「就用『Give me money』來當密語好了！這種通關密語才叫高貴嘛！」

於是，愛瑪尼把在自己眼中盡是樸素的東西，全都用華麗的珠寶裝飾、重新設定好通關密語後，喜孜孜的登上內廳的寶座，君臨萌咩羊山，成為新一任的山賊首領，並且，以躺著也有錢領為樂。

愛瑪尼一邊嗑著爆米花看著前來打山賊卻反被山賊電得慘吱吱的玩家，一邊拍手叫好，完全不知道在一個月後，自己會因為這一成不變的生活無聊到拚命想找洞翻出去，卻又因為被職務限制住行動區域而抓狂。即使拿自己武器抹脖子，卻沒想到傷口根本就是光速癒合，讓他想死都死不了，最後只能愁雲慘霧的祈禱哪位替死鬼快快打死外面的山賊進來宮殿找他。

那一刻，愛瑪尼才終於明白為什麼當初前任山賊首領會搶了他的武器來自殺。

——因為山賊首領這位置根本就不是人幹的！

他真的寧願被公會的夥伴抓回去，他也不要被繼續困在這裡哪兒都不能去。

「拜託，誰都好，快打進來吧……」

於是首次在《創世記典》嘗到悲慘世界的愛瑪尼還在持續祈禱中，直到扉空一行人的出現讓他看見了希望。

番外　【座敷枕木、愛瑪尼】相遇之前　完

《幻魔降世02雜牌軍Ready Go！·美「男」與野獸》完

敬請期待更精采的《幻魔降世03》

解任高手、人生勝利組——
就是我「郝仁」啦！
在美屍坊裡——
一位毒舌天才美魔女、一名擁有神鼻特技的美男子，
加上暴走老頑童、瘋狂美食家、高傲王子貓，
以及娶了八個鬼妻的不良少年……
各路特異人士（怪咖）集結，挑戰靈報高額賞金！
不論是宅內鬧鬼、大體美容、還是隔世尋人……
疑難雜症交給『紅眼怪客團』就對啦！
01紅眼怪客團之美屍坊
02紅眼怪客團之鬼旅行
03紅眼怪客團之模特惡
04紅眼怪客團之王子病
★全套四冊，全國各大書店、網路書店、租書店，持續熱賣中！
典藏閣
華文聯合出版平台
www.book4u.com.tw
采舍國際
www.silkbook.com
不思議工作室
立即搜尋
版權所有© Copyright 2014

飛小說系列 115

幻魔降世 02

雜牌軍 Ready Go!・美「男」與野獸

出版者■典藏閣
作　者■蒼漓　繪　者■生鮮P
總編輯■歐綾纖
製作團隊■不思議工作室
郵撥帳號■50017206 采舍國際有限公司（郵撥購買，請另付一成郵資）
台灣出版中心■新北市中和區中山路2段366巷10號10樓
電　話■(02)2248-7896　傳　真■(02)2248-7758
物流中心■新北市中和區中山路2段366巷10號3樓
電　話■(02)8245-8786　傳　真■(02)8245-8718
ISBN■978-986-271-555-0
出版日期■2014年12月

全球華文國際市場總代理／采舍國際
地　址■新北市中和區中山路2段366巷10號3樓
電　話■(02)8245-8786　傳　真■(02)8245-8718

新絲路網路書店
地　址■新北市中和區中山路2段366巷10號10樓
網　址■www.silkbook.com
電　話■(02)8245-9896
傳　真■(02)8245-8819

☞您在什麼地方購買本書？☜

1. 便利商店（________市／縣）：□7-11　□全家　□萊爾富　□其他________

2. 網路書店：□新絲路　□博客來　□金石堂　□其他________

3. 書店（________市／縣）：□金石堂　□誠品　□安利美特animate　□其他________

姓名：________ 地址：________

聯絡電話：________　電子郵箱：________

您的性別：□男　□女　　您的生日：西元________年________月________日

（請務必填妥基本資料，以利贈品寄送）

您的職業：□上班族　□學生　□服務業　□軍警公教　□資訊業　□娛樂相關產業　□自由業　□其他________

您的學歷：□高中（含高中以下）　□專科、大學　□研究所以上

☞購買前☜

您從何處得知本書：□逛書店　□網路廣告（網站：________）　□親友介紹

（可複選）　□出版書訊　□銷售人員推薦　□其他________

本書吸引您的原因：□書名很好　□封面精美　□書腰文字　□封底文字　□欣賞作家

（可複選）　□喜歡畫家　□價格合理　□題材有趣　□廣告印象深刻　□其他________

☞購買後☜

您滿意的部份：□書名　□封面　□故事內容　□版面編排　□價格　□贈品

（可複選）　□其他

不滿意的部份：□書名　□封面　□故事內容　□版面編排　□價格　□贈品

（可複選）　□其他

您對本書以及典藏閣的建議________

____

____

✌未來您是否願意收到相關書訊？□是　□否

✎感謝您寶貴的意見✎

印刷品

$3.5
請貼
3.5元
郵票
不思議信箱
FUSIGI POST

235 新北市中和區中山路二段366巷10號10樓

華文網出版集團　收

（典藏閣－不思議工作室）

雜牌軍Ready Go！美「男」與野獸

幻魔降世

Create Dream Online02